*Este libro
es tu pasaporte
para viajar por
el tiempo.*

*¿Podrás subsistir
en la época
de la guerra de Secesión?
Pasa la página
para averiguarlo.*

Títulos Publicados:

LA MAQUINA DEL TIEMPO 5

La guerra de Secesión

Steve Perry

Ilustraciones: **Alex Nino**

J. T. Colby & Company, Inc.

Fournisseurs d'instruments et
d'accessoires de voyage
dans le temps™

Habent sua fata libelli

Para Slick

Agradecimientos especiales a Ann Hodgman, Ron Buehl,
Anne Greenberg, Debbie Trentalange, Pauline Bigornia y
Ruth Ashby.

Diseño mecánico: Studio J.
Composición tipográfica: Graphic/Data Services.
Pintura de portada: Steve Fastner.
Diseño de portada: Alex Jay.
Diseño del libro: Alex Jay.

Editores asociados: Ann Weil y Jim Gasperini

J. T. Colby & Company, Inc.
Manhanset House
Dering Harbor, New York 11965-0342
bricktower@aol.com
bricktowerpress.com

ISBN: 978-1-59687-336-0
2025

¡ATENCIÓN, VIAJERO A TRAVÉS DEL TIEMPO!

¡Eres una persona de suerte! Sí, en este momento tienes en tus manos una... ¡máquina del tiempo! En efecto, este libro es tu máquina del tiempo No lo leas de un tirón, del principio al fin. Dentro de un momento recibirás instrucciones para cumplir una misión, una tarea especial, que te llevará a otro período de tiempo. A medida que te enfrentes con los peligros de la historia, la máquina del tiempo te presentará con frecuencia opciones de adónde ir o de qué hacer.

El presente volumen también contiene un banco de datos para informarte de la época en que vas a vivir. Puedes utilizarlo para desplazarte con mayor seguridad a través del tiempo. O bien tomar tus decisiones sin consultarlo. Tú debes resolver ese extremo.

IMPORTANTE

Al final de este libro hay una lista de datos. Contiene sugerencias para ayudarte si no estás seguro de qué camino has de emprender. Este símbolo aparece al lado de todas las elecciones para las cuales existe una sugerencia en la lista de datos.

Con objeto de terminar tu misión lo más deprisa posible, y con éxito, puedes emplear a la vez el banco de datos y la lista de datos.

Hay una conclusión correcta a esta misión. Debes llegar a ella... o ¡arriesgarte a quedar perdido en el tiempo!... y recuerda que tienes a tu disposición el banco de datos y la lista de datos.

LAS CUATRO REGLAS PARA VIAJAR A TRAVÉS DEL TIEMPO

Cuando empieces tu misión, debes observar las reglas siguientes. Los viajeros por el tiempo que no las cumplen se arriesgan a quedar perdidos en él, para siempre...

1. No mates a ninguna persona ni animal.

2. No intentes cambiar la historia. No dejes nada del futuro en el pasado.

3. No lleves a nadie contigo cuando franquees la barrera del tiempo. Evita desaparecer de un modo que asuste a la gente o la haga sospechar.

4. Sigue las instrucciones que te dé la máquina del tiempo y elige entre las opciones que te ofrezca.

TU MISIÓN

Tu misión consiste en retroceder a Estados Unidos en los días anteriores a la guerra de Secesión y encontrar a Harriet Tubman, líder del «Tren Secreto», una red clandestina que ayudó a los esclavos a alcanzar la libertad en el Norte.

En 1859 un negro llamado Thomas Dean desapareció de la plantación Jasper, de Maryland. Un diario recientemente encontrado en un desván de Filadelfia sostiene que Thomas Dean, que era esclavo, logró escapar de manos de los crueles y despiadados amos de la plantación gracias a la ayuda de Harriet Tubman.

La propia Harriet había sido esclava hasta que en 1849 escapó a Filadelfia. Fue una de las combatientes por la libertad más valiente de los tiempos de la guerra de Secesión y heroína de muchos relatos de la época.

¿Harriet Tubman ayudó realmente a Thomas Dean o éste desapareció misteriosamente?

Tu misión consiste en encontrar a Harriet Tubman y desvelar el misterio de Thomas Dean.

 **Para activar la máquina del tiempo, pasa la página.**

VIAJE A TRAVÉS DEL
TIEMPO ACTIVADO.
Listo para el equipo.

EQUIPO

En tu viaje al pasado puedes llevar cuatro cosas. Elígelas entre las que figuran en la siguiente lista:

Un ovillo de hilo.
Una pequeña linterna.
Una navaja.
Una caja de cerillas.
Diez dólares en billetes de la Unión.
Diez dólares en billetes Confederados.
Un petardo.
Un reloj de bolsillo.

 **Para empezar tu misión,
pasa a la página 1.**

 **Para saber más cosas acerca
de la época a la que viajarás,
pasa a la página siguiente.**

CRONOLOGÍA

1820-1821	Nace Harriet.
1844	Harriet se casa con John Tubman.
1849	Harriet huye a Filadelfia y a la libertad.
1850-1861	Harriet es «revisora» del Tren Secreto.
Abril de 1859	El incidente Nalle.
Abril de 1861	Estalla la guerra de Secesión.
Noviembre de 1861	Batalla de Hilton Head.
Marzo de 1862	Batalla de los Acorazados.
Julio de 1863	Batalla de Gettysburg.
Noviembre de 1863	Proclama de Gettysburg.
Abril de 1865	Lee se rinde a Grant, poniendo fin a la guerra de Secesión.
	Abraham Lincoln es asesinado.

1. La guerra de Secesión entre los estados «libres» y los estados «esclavistas» comenzó en 1861 y duró cuatro años. Los estados «libres» del Norte se denominaban la Unión y los estados «esclavistas» del Sur respondían al nombre de la Confederación.

2. El momento crucial de la guerra lo marcó la Batalla de Gettysburg, librada del 1 al 3 de julio de 1863 y ganada por la Unión.

3. La primera batalla entre dos acorazados –el *Monitor* y el *Merrymack*– tuvo lugar el 9 de marzo de 1862. El *Monitor* protegía al *Minnesota,* un buque de guerra de la Unión que había encallado cerca de la desembocadura del río James.

4. En 1861 el *Merrymack* fue capturado por el Sur y rebautizado con el nombre de *Virginia.*

5. En noviembre de 1861, el Norte ganó una decisiva batalla marítima y terrestre en Port Royal, cerca de la isla Hilton Head, en Carolina del Sur.

6. Los uniformes de la Unión eran azules.

7. Los uniformes de los confederados eran grises.

8. Abraham Lincoln fue asesinado en abril de 1865.

9. El arma que mató al presidente Lincoln era un revólver de gran calibre, inventado por Derringer y fabricado en Filadelfia.

10. Durante la guerra de Secesión, uno de los nom-

Los estados del Este en 1861

☐ **Estados de la Unión**

▨ **Estados Confederados**

bres con que se denominaba a la Osa Mayor era «La Calabaza Borracha».

11. Si trazas una línea entre las dos estrellas más alejadas del *asa* de la Osa Mayor y la trasladas hacia la parte superior de la *taza,* te indica la posición de la Estrella Polar.

12. Harriet Tubman nació en una plantación de Dorchester County, en Maryland. Edward Brodas era el amo de la plantación y, por tanto, de los esclavos.

13. De pequeña, Harriet se dio un golpe en la cabeza y a consecuencia de ello a veces caía en un sueño profundo semejante a un trance.

14. En 1844 Harriet contrajo matrimonio con John Tubman. En 1849 huyó hacia la libertad. Luego de escapar de la esclavitud, Harriet regresó diecinueve veces para ayudar a escapar a otros esclavos, incluidos sus padres, a quienes llevó a Auburn, Nueva York.

15. El apodo de Harriet era *Moses.*

16. Harriet nunca aprendió a leer y escribir.

17. Harriet ayudó a otros esclavos hasta que empezó la guerra; durante la contienda, trabajó como enfermera, guía y espía para la Unión. Durante su época de «revisora» del Tren Secreto, Harriet se desplazó de su casa de Filadelfia a los estados esclavistas a fin de ayudar a escapar a otros.

18. Según el diario, la familia Dean estaba forma-

da por Thomas, su esposa Lee Ann y su hija Sarah Mae; todos participaron activamente en el movimiento antiesclavista.

19. En 1859, Thomas Dean fue liberado de la esclavitud por cuatro personas que rompieron sus cadenas con una hacha.

20. Los miembros del Tren Secreto solían utilizar seudónimos o nombres falsos... a fin de confundir a sus enemigos.

**BANCO DE DATOS
AGOTADO.
PASA LA PÁGINA
PARA EMPEZAR TU MISIÓN**

 ¡No lo olvides! Cuando veas este símbolo, puedes consultar las sugerencias que aparecen en la lista de datos que hay al final de este libro.

ESTÁS en Dorchester County, Maryland, en el invierno de 1849. Hace mucho frío: tu aliento crea una bruma espesa en el aire gélido. Miras a tu alrededor y compruebas que te encuentras en medio del campo. Ves muchos árboles pelados a la orilla del estrecho camino de tierra en que estás, y no hay indicios de gentes ni de un pueblo cercano.

Emprendes la marcha. Sabes que Harriet Tubman huyó de este sitio hacia la libertad en Filadelfia. Probablemente sea más fácil encontrarla aquí antes de que empiece a circular con el Tren Secreto.

Algo más adelante ves una hilera de chozas ruinosas. Te acercas a la más cercana y llamas. Un negro alto abre la puerta.

–¿En qué puedo ayudarte? –pregunta.

–Estoy buscando a Harriet Tubman –respondes.

El hombre mira inquieto detrás de ti.

–Pasa.

En el interior de la choza hay una mujer sentada en un taburete hecho con un viejo tronco y, tras ella, seis o siete chiquillos. El interior de la choza tiene un aspecto deprimente: la madera está desnuda, en la pared hay grietas del grosor de tus dedos y las ventanas están tapadas con viejos sacos de arpillera. Por dentro hace casi tanto frío como la intemperie. El único foco de calor es una pequeña fogata que arde en la minúscula chimenea.

–¿Por qué te interesas por la señora Tubman? –pregunta el hombre, receloso.

–Es importante que hable con ella –explicas.

El hombre mira a la mujer y ésta asiente con la cabeza.

–Ha escapado –dice el hombre al tiempo que gira hacia ti–. Estaba viviendo en casa del doctor Thompson, pero se ha ido.

Demasiado tarde, piensas, no has logrado encontrarla. Estudias el interior de la choza, que apenas sirve de refugio. Si es así como viven los esclavos, no te sorprende que Harriet haya huido.

Súbitamente alguien golpea la puerta.

–¡Zeb, abre de una vez!

El negro que está a tu lado traga saliva.

–¡Es el amito Corey Simon! –explica con expresión temerosa–. ¡Es el hijo del amo!

Zeb se apresura a abrir la puerta.

Ves a un chico de unos doce años, con un gran látigo en la mano, que repara en tu presencia.

–¡Ajá! Ya sabía yo que había un forastero metiendo las narices en las viviendas de los esclavos. ¿Qué se te ha perdido aquí?

Piensas que tu misión no tiene nada que ver con este chaval chillón y mantienes la boca cerrada.

Corey Simon esgrime el látigo ante Zeb.

–De acuerdo. ¡Zeb, será mejor que respondas o daré diez azotes a cualquiera de tus hijos!

No quieres crearle problemas a Zeb ni a su familia.

–Estoy buscando a Harriet Tubman –respondes y miras fijamente al muchacho.

–¿Cómo te atreves a preguntar por una esclava que ha escapado? ¡Seguramente eres un alborotador! ¡Hasta es posible que estés ayudando a estos abolicionistas! ¡Sabemos tratar a la gente como tú!

Corey alza el látigo con la intención de golpearte pero, antes de que pueda hacerlo, te agachas, pasas a su lado y lo empujas. Te incorporas y echas a correr.

Corey Simon grita y cuando miras por encima de tu hombro, compruebas que cuatro o cinco hombres se acercan corriendo hacia él. Te señala y dice:

—¡Coged a ese chico!

Todos se disponen a perseguirte.

Más adelante ves un granero. Entras a toda velocidad. No sirve, sólo contiene heno que despide un olor dulzón. Intentas recobrar el aliento, pero oyes a los hombres en el exterior del almacén.

—¡Yo miraré en el granero! —grita uno de ellos.

—¡Te acompaño! —esa voz pertenece a Corey Simon—. ¡Pondré a prueba mi látigo en la piel de ese alborotador!

Deduces que la conversación no es nada halagüeña. Será mejor buscar la pista de Harriet en otra parte. Quizás obtengas mejores resultados en Filadelfia. También podrías retroceder en el tiempo y tratar de encontrarla aquí, por ejemplo seis o siete años antes de su partida. De todas maneras, será mejor que hagas algo rápido... ¡la puerta del granero empieza a abrirse!

**Dirígete a Filadelfia.
Pasa a la página 10.**

**Retrocede a Dorchester County en 1843.
Pasa a la página 12.**

O conoces a esas personas ni sabes si puedes confiar en ellas.

–Prefiero esperar a que regrese.

El hombre asiente con la cabeza.

–La decisión te pertenece. Cuando ella regrese, le diremos que la estás buscando.

Sarah Mae y tú os preparáis para iros.

–Sé de un buen lugar donde podrás alojarte si dispones de dinero –dice Sarah Mae.

Te llevas la mano al bolsillo. Pensabas traer dinero, pero no estás seguro de haberlo cogido.

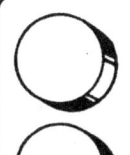 **Si trajiste diez dólares en moneda de la Unión, pasa a la página 28.**

 **Si no trajiste moneda de la Unión, pasa a la página 24.**

AY, ay, ay. Estás atado a un árbol en Dorchester County, bajo el frío y sin navaja. Resultará más difícil de lo que pensabas. Intentas deshacer los nudos con los dientes.

Estás tan concentrado en la tarea que no reparas en el sonido de cascos hasta que es demasiado tarde. Corey Simon ha regresado... en compañía de cuatro secuaces.

Uno de los hombres arroja una soga por encima de la rama de un árbol. En un extremo hay un nudo de verdugo. Tragas saliva y cuentas los lazos que componen el nudo mientras la soga se balancea bajo el aire frío.

Los hombres te desatan y te hacen sentar en el caballo de Corey. Uno de ellos ríe mientras pone la soga alrededor de tu cuello y da un tirón. Notas que el basto tejido raspa tu piel.

–¿Quién rendirá los honores? –pregunta uno de los hombres.

–Yo –se ofrece Corey.

Te sonríe y va hacia el caballo. Le basta con dar una palmada al animal para que salte y te deje colgado. Corey levanta la mano y...

–¡Alguien se acerca! –informa uno de sus compinches.

Corey se da la vuelta con la mano a unos centímetros de la quijada del caballo.

Miras y ves que se acercan tres hombres a caballo. Uno de ellos portador de un rifle dice:

–¡Un momento, chicos! ¿Qué pasa aquí?

–Atrapamos a un abolicionista alborotador –responde Corey y baja la mano.

El hombre del rifle asiente con la cabeza.

–Os lo agradezco, pero no querréis colgar a una persona sin someterla a un juicio justo, ¿verdad?

–¿Un juicio? ¿Para qué queremos un juicio? Yo mismo atrapé a este alborotador que molestaba a los esclavos de mi padre –insiste Corey.

–Si es así, podrás declararlo durante el juicio.

Uno de los hombres que acompañaba al del rifle acerca lentamente su caballo a ti y te quita la soga del cuello.

–Escuche, sheriff... –empieza a decir Corey.

¡El sheriff! No permitirá que te ahorquen.

–Corey, los abolicionistas me gustan tan poco como a ti –dice el sheriff–. No entienden que necesitamos a los esclavos para levantar las cosechas, pero los linchamientos son contrarios a la ley...

–Puede darse la vuelta y simular que no nos ve –propone uno de los hombres de Corey.

–Sí –interviene otro–, lo haremos rápido.

La cosa se complica. El sheriff discute con Corey y sus hombres y podría perder, al fin y al cabo son cinco contra cuatro.

–Ahora escucha...

–¡No, escuche usted!

Nadie te mira. Súbitamente hundes tus talones en los lomos del caballo, que sale al galope. El desplazamiento sorprende a las otras monturas, que se agitan inquietas y confundidas.

Has obtenido una buena ventaja antes de que comience la persecución. Cabalgas hasta un bosquecillo espeso situado a unos cientos de metros y te dejas caer del caballo sobre una pila de hojas y maleza. La bestia sigue su camino. Pocos segundos más tarde los jinetes pasan veloces como el rayo por tu lado, persiguiendo al animal desbocado. Sólo dispones de un instante antes de que se den cuenta de que has desaparecido. No tienes tiempo de pensar en un nuevo escondrijo. ¡Sabes que allí te esperan el árbol de la horca o la cárcel! ¡Retrocede velozmente a través del tiempo!

Retorna a 1843.
Pasa a la página 12.

ESTÁS en Filadelfia en el invierno de 1849. Parece distinta de las ciudades modernas. La mayoría de los edificios son de madera, aunque hay algunos de ladrillo o de piedra. Además, la gente viste ropas extrañas. Los hombres llevan sombreros de copa hechos en piel, semejantes a tubos de estufa, largos abrigos con dos faldones colgantes y anticuados zapatos con hebillas. Las mujeres visten chales y capas encima de vestidos largos y ahuecados. Muchas llevan tocas atadas con cintas bajo el mentón.

Preguntas a un hombre dónde viven las personas de color en la ciudad.

—¿Personas de color? ¿Te refieres a los negros? Sigue el camino hasta encontrar la vía del ferrocarril. Hacia allá.

Le das las gracias y empiezas a caminar.

Te topas con un cartel en el que lees: «Visite la famosa casa del poeta Edgar Allan Poe, sólo 1 céntimo.» Según el cartel, la casa se encuentra a unas pocas manzanas a tu derecha. ¡Un céntimo no es mucho dinero! Sin lugar a dudas, las cosas son más baratas que en tu época.

A medida que avanzas hacia el norte, casas y edificios se vuelven más pequeños y ruinosos. En ese momento ves a varias personas de color, debes acordarte de decir negro y no persona de color, ya que parece que así se expresan en esta época.

—Hola —saludas a una chica de aproximadamente tu misma edad—. Estoy buscando a Harriet Tubman. ¿La conoces?

La muchacha te mira sorprendida.

—Yo me llamo... ah... Sarah Mae... Jefferson —se presenta—. Ven conmigo.

Te guía por un oscuro callejón hasta unos viejos edificios. Oyes hablar a un grupo de hombres y mujeres en el interior de un almacén.

—...regresó a buscar a su hermana —dice un hombre.

—...de esperar que no la atrapen —añade una mujer.

—...montones de espías de los amos —afirma otro hombre.

—Están hablando de la señora Tubman —te informa Sarah Mae.

En ese preciso momento, desde el interior del almacén alguien dice:

—¿Quién anda por ahí?

Te das cuenta de que se refieren a ti. ¿Qué puedes hacer? Podrían sospechar que eres un espía.

Sarah Mae está delante de ti. No te verán si franqueas la barrera del tiempo. ¿Deberías quedarte y hablar con esas personas o sería mejor que retrocedieras a Dorchester County e intentaras buscar a la hermana de Harriet antes de que ésta fuera a liberarla?

Te quedas en Filadelfia.
Pasa a la página 15.

Vas a Dorchester County.
Pasa a la página 22.

Estás en Dorchester County en el verano de 1843. Hace un calor insoportable. El camino de tierra está tan reseco que a cada paso que das se levanta una nube de polvo. El sudor corre por tu cuello y tu espalda.

Ves a un hombre en un huerto pequeño, regando las plantas con agua fangosa que lleva en un cubo de madera.

—¿Conoce a una tal Harriet Tubman? —inquieres.

—Diría que no —responde—. Y considero que conozco a todo el mundo por estos lares.

Le das las gracias y sigues tu camino. Hablas con dos personas más, pero no logras averiguar nada. Un hombre dice que conoce a John Tubman pero no a una mujer llamada Harriet.

Caminas en medio del calor del estío hasta la choza de John Tubman, pero no está. Una chiquilla te dice que ha salido a trabajar los campos.

—Aquí no existe ninguna Harriet Tubman —informa la pequeña.

¿Cómo es posible que nadie la conozca?

Mientras piensas qué harás a continuación, un muchacho pasa a la carrera gritando:

—¡La fiebre! ¡La fiebre! —se detiene y te habla de prisa—: El doctor dice que hay cuatro enfermos graves... ¡Tienen difteria! ¡Dice que probablemente morirán! ¡Todos debemos alejarnos!

La cosa pinta mal, piensas. No logras encontrar a nadie que conozca a Harriet y, para colmo de males, hay un brote de difteria. Estás convencido de que Harriet se encuentra aquí... ¡un momento! ¿Has dicho correctamente su nombre? ¡Ahora recuerdas! Harriet se casó en 1844 y antes usaba otro apellido, el de soltera. ¡Todavía no era la señora Tubman!

El único problema es que no sabes cuál es su apellido de soltera. No puedes ir por el mundo preguntando por alguien que más adelante cambiará su apellido. Así no llegarás a ningún sitio. Además, una peligrosa enfermedad amenaza la zona. Llegas a la conclusión de que no es un buen lugar para tu búsqueda.

También te das cuenta de otra cosa: Harriet todavía no podía saber nada sobre el Tren Secreto, pues aún no había escapado ni empezado a trabajar para la red.

Franquea la barrera del tiempo hasta Dorchester County en 1849. Pasa a la página 1.

ECIDES quedarte y hablar con esas personas de Filadelfia, pues no sabes nada sobre la hermana de Harriet en Dorchester County.

Un hombre corpulento se asoma por la puerta abierta y te mira.

–¿Qué buscas? –pregunta.

Respiras hondo.

–Busco... busco a Harriet Tubman –respondes.

–¿Para qué la quieres? No serás espía de los esclavistas, ¿verdad?

–No, señor –aseguras.

El hombre sonríe, mira a Sarah Mae y añade:

–En ese caso, pasa.

Sarah Mae y tú entráis. El hombre informa a los reunidos que estás buscando a Harriet Tubman.

Uno de los presentes se pone de pie y dice:

–Me llamo... Joshua. Muy pronto haré un... un viaje al Sur para recoger a mi esposa en Maryland. Es posible que durante la ida o el regreso nos veamos con la señora Tubman. Si quieres puedes acompañarme.

**Acompaña a Joshua.
Pasa a la página 16.**

**Quédate en Filadelfia y espera
a Harriet. Pasa a la página 5.**

ACES una señal de asentimiento a Joshua y dices:

—Me gustaría ir con usted.

Es posible que Joshua sea uno de los revisores del Tren Secreto y haga ese «viaje al Sur» para liberar a su esposa.

Dedicas la tarde a recoger provisiones que Joshua acomoda en dos mochilas. Te entrega una y carga con la otra. Emprendéis el viaje y lográis que un granjero os lleve en su carro de transporte de leche.

Piensas en interrogar a Joshua sobre el Tren Secreto pero llegas a la conclusión de que quizá sea mejor esperar a que él tenga ganas de hablar sobre ese tema. No quieres aparecer como un fisgón o un espía.

El viaje a Maryland se prolonga durante casi dos semanas, lo que prueba que fue una buena elección no esperar a Harriet en Filadelfia. Como los desplazamientos son tan lentos, tal vez habrías tenido que esperarla semanas o meses.

Casi todas las noches Joshua aparta el carro del camino y duermes en el suelo, bajo los maderos. Un par de veces hacéis noche en graneros y os hundís en las pilas de heno que despiden un olor agradable. Joshua lleva suficiente carne salada y judías y a veces comes verduras que el negro compra a los granjeros. No habla mucho pero siempre sonríe. Empieza a caerte bien.

Finalmente llegáis a una iglesia situadas en las afueras de una población pequeña. La tarde está al caer. Joshua te mira y sonríe.

–Supongo que puedo confiar en ti –dice–. Esta noche nos reuniremos aquí con algunos pasajeros.

¡Ah, tenías razón! ¡Joshua es uno de los revisores del Tren Secreto!

Es casi medianoche cuando doce personas surgen en medio de la oscuridad y se reúnen cerca del camposanto. Hay tres hombres, dos mujeres y siete niños.

Joshua parece preocupado.

–¿Dónde está Lee Ann? –pregunta uno de los hombres.

–Ida está –responde el hombre–. Se la llevó hace unos días la señora Tubman.

Joshua asiente.

–Me alegro. En ese caso ya está a salvo.

Todos parecen preocupados. Joshua te explica que los amos quieren capturar a los esclavos fugitivos. Si los amos llegan a la conclusión de que los fugitivos pueden salirse con la suya, no dudan en tirar a matar.

–Harriet nos lleva unos días de ventaja –añade Joshua–. Tal vez podamos alcanzarla durante el viaje de regreso. Avanzaremos hacia el norte unos ochenta kilómetros. Allí hay una granja en la que podremos conseguir provisiones antes de seguir hasta Filadelfia –sonríe–. La propiedad se llama Granja de la Gran Cruz. Detrás de la casa hay una colina con una cruz en lo alto... esa cruz debe de medir unos treinta metros. Se la divisa desde varios kilómetros a la redonda.

En la oscuridad oyes cantar suavemente a una de las esclavas:

–Sigue la calabaza borracha, sigue la calabaza borracha...

—¡En marcha! —ordena Joshua.

Empiezas a andar. En torno al grupo, el aire nocturno es frío y seco y en lo alto las estrellas brillan como puntos centelleantes. De pronto Joshua se detiene.

—¿Qué pasa? —preguntas en voz baja.

—Me parece haber oído algo...

—¡Alto esclavos! —grita alguien y a tu lado resuena un disparo.

—¡Esclavistas! ¡Nos han descubierto! ¡A correr! —grita Joshua—. ¡Dividíos! ¡Dirigíos a la granja de la que os hablé!

Cerca de ti, la gente va de un lado a otro en medio de las penumbras; unas voces dan el alto. Otro disparo quiebra la serenidad de la brisa nocturna y, quejándose, Joshua cae. Te detienes y te agachas a su lado.

—¡Sigue tu camino! —te apremia—. Sólo me han dado en la pierna, no puedo correr.

—Tal vez yo pueda llevarlo... —dices e intentas arrastrarlo.

De nada sirve pues es muy pesado para tus fuerzas.

—No —insiste—. No me pasará nada. Prefieren cogerme vivo antes de dejarme morir... muerto no valgo nada. Pero puedes hacer algo por mí.

—Lo que sea —dices mientras observas la sangre oscura que corre por la pierna de Joshua.

—La señora Tubman ha rescatado a Lee Ann, mi esposa. Mi verdadero nombre no es Joshua sino Thomas, Thomas Dean. Avísales a ella y a mi hija, que se hace llamar Sarah Mae Jefferson, que me han capturado. Sabrán lo que tienen que hacer.

¡Thomas Dean! ¡Finalmente lo encontraste!

—¡Date prisa y no permitas que te cojan! De lo contrario, mi familia nunca sabrá qué me ha ocurrido. ¡Tienes que comunicárselo! —se oye otro disparo

y la bala zumba a tu lado–. ¡Vete! –exclama Thomas.

Te das la vuelta y corres tan rápido como puedes hasta que te alejas del lugar.

Una hora después, todo parece estar tranquilo. ¿Qué puedes hacer ahora? Estás solo... y perdido. ¿Cómo lograrás llegar a la granja? Se encuentra muy lejos y ni siquiera sabes qué dirección tomar.

Un momento. En la iglesia, la mujer cantaba algo acerca de la calabaza borracha. Sí, ya lo recuerdas. Una de las estrellas de la calabaza borracha –llamada también Osa Mayor– apunta hacia el norte o hacia el sur.

No pierdas la calma. Crees saberlo. Alzas la mirada y contemplas las estrellas que componen la constelación conocida con el nombre de Osa Mayor.

Crees que la Osa Mayor señala el norte. Pasa a la página 30.

Crees que señala al Sur. Pasa a la página 27.

Estás atado a un árbol de Dorchester y esa situación te pone nervioso... ¡pero has traído una navaja! Logras sacarla del bolsillo y abrirla. Aunque tardas algunos minutos en cortar la gruesa soga, finalmente lo consigues. ¡Estás libre!

¿Qué puedes hacer ahora? Sigues pensando que encontrar a la hermana de Harriet es una buena idea, ya que podría darte una orientación correcta. Sin embargo, cuando Corey Simon regrese y compruebe que te has largado, podría ir en tu búsqueda, quizá con una multitud dispuesta a ahorcarte. Si no encuentras un buen escondite...

Súbitamente oyes sonidos de cascos. Quizá no sea Corey. Tal vez es otra persona. ¡Seguro! ¿Quién saldría a cabalgar por el bosque con el frío que hace? La suerte no te acompaña.

Si pudieras encontrar algunos abolicionistas locales dispuestos a ayudarte, tal vez podrías dar con la hermana de Harriet. Por otro lado, si Corey te atrapa, te verás metido en un gran lío. Tal vez debiste quedarte en Filadelfia en vez de retroceder hasta aquí. Al fin y al cabo, nada sabes sobre la hermana de Harriet... ¡ni siquiera cómo se llama!

Vas a Filadelfia en 1849.
Pasa a la página 10.

AÚN hace frío en Dorchester County cuando llegas. Está nublado y gris, como si fuera a llover o nevar.

Lo primero que se te ocurre es preguntar por la hermana de Harriet, pero luego recapacitas y decides que quizá no sea prudente. Ya te metiste en líos semejantes y alguien podría recordarte, sobre todo el despreciable chico del látigo. No te gustaría volver a encontrarte con él.

Mientras caminas por el frío y solitario camino pensando en la mejor manera de encontrar a la hermana de Harriet, ves a alguien montado a caballo. Agitas los brazos y piensas que podría ser bueno hablar con alguien que va solo. Siempre podrás escabullirte de una persona.

¡Pero se trata de Corey Simon! Frena el caballo y se dirige burlón a ti.

—Conque regresaste, ¿eh? ¡En tu lugar, alborotador, yo habría seguido corriendo!

Antes de que puedas dar un paso, coge una enorme pistola de su cinto y te apunta.

Te obliga a ir andando hasta el pueblo. Piensas que quizá podrías franquear la barrera del tiempo, pero no quieres hacerlo mientras Corey te vigila. Tal vez cuando llegues a la cárcel estarás solo el tiempo suficiente para pasar a otra época: seguramente Corey te está llevando a la cárcel.

Te equivocas. Te lleva hasta un bosque y te ata a un árbol.

—Permanecerás aquí bastante bien —dice—, hasta que regrese con ayuda... y una soga. No estamos de acuerdo con las personas que se meten con nuestros esclavos y colgamos a todos los que podrían ayudarlos a escapar, sean esclavos u hombres libres —se aleja al galope.

Ay, ay, ay. Estás en un buen aprieto. Tienes que hacer algo.

Si tuvieras una navaja... ¡un momento! Quizá la tengas. Logras meterte las manos en los bolsillos.

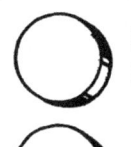
**Si has traído una navaja,
pasa a la página 21.**

**Si no has traído una navaja,
pasa a la página 6.**

EL frío del invierno de Filadelfia en 1849 te congela.

Niegas con la cabeza y dices:

—Lo lamento, pero no dispongo de dinero que pueda utilizar aquí.

—Pues no es tan grave. Puedes quedarte en casa. A mi tía no le molestará una boca más.

Te conduce hasta una zona muy pobre de la ciudad. Su aspecto no es mucho mejor que el de la vivienda de los esclavos en los feudos de Corey Simon.

De pronto una pesada mano te sujeta del hombro. Te giras y ves a un hombre grueso que te mira hoscamente.

—No te conozco —dice—. ¿Qué haces en mi sector de la ciudad?

—Sólo estoy de visita, señor —respondes. Señalas a Sarah Mee—. Voy a visitar a la familia de mi amiga.

El gordo ríe.

—¡Ja, ja! ¡Eso es lo que crees!

Sarah Mae te susurra:

—Es el Gordo Michael. ¡El rey de los mendigos! Hace que docenas de personas pidan para él en las esquinas. Les quita todo el dinero y les da apenas lo suficiente para que coman un poco cada día.

—Oye, niñita, ¿qué estás murmurando? —pregunta el Gordo Michael.

—Na... nada —titubea Sarah Mae.

El Gordo Michael te observa.

—Estás muy bien alimentado para dar el tipo de un mendigo como debe ser —afirma—, pero se solucionará con unos días a pan y agua.

La situación no te hace gracia. Vivir a pan y agua hasta estar tan demacrado como para pasar por un pobre pordiosero no es una buena perspectiva. Además, si te ves obligado a pasarte los días en una esquina, ¿cómo te encontrarán los amigos de Harriet?

Te vuelves con la intención de marcharte, pero el Gordo Michael te sujeta.

–¿A dónde te propones ir?

–Yo... ah... tengo que... tengo que ir al baño –respondes.

–¿A dónde? ¿Te vas a dar un baño? ¡Los baños son malsanos! ¡Mírame, hace diez años que no me baño!

No te asombras, pues ya habías percibido el olor que el Gordo Michael despide.

–Quiero decir que necesito... quiero decir que tengo que ir al... –piensas a toda marcha y recuerdas que en esa época no había cuartos de baño en las casas–. Quiero decir que tengo que ir al retrete.

El Gordo Michael mira a su alrededor y señalando un pequeño cobertizo de madera dice:

–Allí, allí lo tienes.

Una vez en el retrete, miras a tu alrededor. Es un lugar oscuro y fétido y en una de las paredes hay una tabla suelta. Si franqueas la barrera del tiempo, el Gordo Michael podría pensar que lograste escapar a través de la abertura de la pared.

–¡Rápido, que hace mucho frío! –exclama el Gordo Michael–. ¡Si en medio minuto no has salido, iré a buscarte y te sacaré a rastras!

Vas a Dorchester County.

Pasa a la página 12.

ESTÁS solo en medio de la fría noche de Maryland, contemplando las estrellas. Has recordado que la Osa Mayor apunta en una dirección y crees que es hacia el sur. Puesto que lo que quieres es dirigirte al norte, lo único que tienes que hacer es caminar en la dirección opuesta. Avanzas en la oscuridad dando traspiés, a la búsqueda de un lugar protegido donde descansar.

–¡Eh, ahí hay uno! –grita alguien–. ¡El muy tonto va hacia el sur!

Ay, ay, ay. Te han localizado. Echas a correr. ¡Debiste dirigirte al norte!

De pronto ves cinco o seis hombres delante de ti. Y hay muchos más a tus espaldas. Se gritan mutuamente.

–¡Cortad por ahí! ¡Bloquead el sendero!

–¡Al menos a éste lo hemos atrapado!

Comprendes que, si no haces algo, te cogerán. Está oscuro y si consigues franquear la barrera del tiempo, quizá no puedan verte. Tendrás que correr el riesgo.

–¿Dónde...? –pregunta alguien y comprendes que durante unos segundos te ha perdido el rastro.

¡Cambia a otro tiempo!

Pasa a la página 10.

SACAS diez dólares del bolsillo. En el frío invierno de 1849 en Filadelfia, el dinero te parece extraño –ni siquiera tiene el mismo tamaño que los billetes de tu época–, pero es real en esas circunstancias.

Sarah abre los ojos desmesuradamente.

–¿Cómo conseguiste tanto dinero? ¿Eres rico?

Niegas con la cabeza. Recuerdas que el recorrido por la casa de Edgar Allan Poe sólo costaba un céntimo.

–Es todo lo que tengo –respondes–. No soy rico.

Sarah te acompaña hasta una casa de huéspedes. ¡El precio por una semana, comidas incluidas, asciende a dos dólares!

A lo largo de la semana siguiente, tienes tiempo de sobra para explorar la región. Por veinticinco céntimos alquilas un coche tirado por caballos con el que vas hasta las orillas del río Delaware, donde ves barcos de vela de tres y cuatro palos. No muy lejos se encuentra la Campana de la Libertad, con la famosa hendedura en su superficie. Visitas la tumba de Benjamin Franklin, el famoso inventor y héroe de la Independencia. La ciudad está llena de edificios viejos aunque muy cuidados: iglesias, teatros, restaurantes.

Una noche, en un restaurante muy elegante, cenas filete, patatas y una ensalada descomunal por setenta y cinco céntimos. En esa época Filadelfia es un sitio muy interesante.

El único problema consiste en que nada de lo que haces te ayuda a encontrar a Harriet Tubman.

De regreso en tu habitación, te preguntas qué deberías hacer. Sabes que finalmente Harriet regresará a Filadelfia –ahora vive allí–, pero ignoras en qué momento lo hará. Como viaja a pie, podría tardar mucho tiempo. ¡Semanas, incluso meses!

No fue tan buena la idea de esperar a Harriet en Filadelfia. No tendrás que hacer un viaje demasiado largo a través del tiempo para retroceder más o menos una semana e ir a Dorchester County durante el invierno de 1849.

Pasa a la página 22.

pesar de que estás perdido en una oscura e invernal noche de Maryland después de que los esclavistas te persiguieran, súbitamente te sientes mejor. Auque corre el año 1849, las estrellas no se diferencian de las de tu propia época. Alzas la vista y ves la Osa Mayor. Parece una taza con una larga asa. Si utilizas como indicadores las dos estrellas del interior de la taza, te señalarán la Estrella polar, que a su vez te permitirá ir al norte.

Los tres días siguientes transcurren con lentitud. Utilizas las estrellas como guía y viajas por la noche, cuando no pueden verte. Durante el día logras encontrar graneros donde refugiarte, hundiéndote en el heno para no pasar frío y mantenerte oculto. Sigues avanzando en dirección norte, hacia la granja.

Finalmente, poco antes del alba, la encuentras. Tal como dijo Joshua, en la cima de la colina se eleva una enorme cruz. Aunque aún te queda un largo trecho por recorrer, estás seguro de que ése es el lugar al que tenías que ir.

Llamas a la puerta y responde una mujer. Luego de hacerle unas pocas y prudentes preguntas, compruebas que es la casa acertada. Respiras hondo y preguntas si allí está Harriet.

—Anoche partió —responde la mujer.

–Quizá pueda alcanzarla antes de que regrese a Filadelfia –comentas.

–No lo creo. Dijo que tenía que hacer algunos altos en el camino. Tal vez pase más de un mes hasta que vuelva a su casa.

No es una buena noticia, piensas. Ahora necesitas encontrarla más que nunca. Joshua –mejor dicho, Thomas– está herido y debes avisarle a su esposa. Un mes es muy largo para quedarse esperando.

Hmmm. Sabes que durante la guerra de Secesión Harriet fue enfermera. Seguramente existe una hoja de servicios sobre ella en la que se menciona dónde trabajó. Quizás esa hoja está en el ministerio de Guerra en Washington; normalmente las archivaban allí. Puedes avanzar en el tiempo, llegar a Washington durante la guerra, y buscar la hoja de servicios de Harriet.

Pasa a la página 36.

Es el otoño de 1861 y la flota de la Unión acaba de destruir el transbordador en el que surcabas las aguas. Ves un bote a corta distancia y nadas en esa dirección.

–¿Te encuentras bien? –pregunta un hombre de fuerte acento sureño mientras te rescata.

Asientes con la cabeza.

–Los yanquis nos superaron numéricamente –replica otro hombre–. Será mejor que nos larguemos de aquí.

–Espero que hayas entendido –dice el primer hombre y te mira–. ¿Qué piensas?

Vuelves a asentir. Es mejor estar de acuerdo, de lo contrario podrían pensar que eres un yanqui... lo cual no sería nada bueno estando, como estás, en un bote lleno de confederados.

–Nunca nos cogerán vivos –afirma otro.

El retintín de su voz te resulta conocido. Lo observas. Te parece que ya lo has visto antes en alguna parte...

¡Oh, no! ¡Es Corey Simon! Ahora es mayor, pues han pasado muchos años desde que lo viste por primera vez, pero indudablemente se trata de Corey. ¿Te reconocerá? Giras la cabeza y miras el agua mientras el barquito resopla hacia la orilla. Probablemente no se acuerda de ti. Al fin y al cabo, no espera que tengas la misma edad que tenías cuando te vio por primera vez. ¿Y si te reconociera? ¡Es lo bastante malo para arrojarte al mar!

Cuando el bote llega a la orilla, súbitamente aparece un grupo de hombres que visten uniforme azul.

—¡Alto, rebeldes! ¡Sois nuestros prisioneros!

Levantas los brazos junto con los hombres que viajaban en el bote. ¡Capturado! No hay modo de hacerles entender que no eres rebelde. Y si intentaras negarlo, entonces te verías metido en un lío con los auténticos rebeldes. No hay escapatoria. Tendrías que haberte dirigido al otro bote.

Bajas a tierra, cerca de un espeso bosquecillo. Mientras marcháis por la arboleda ves un ciervo que atraviesa la senda de un salto. Los soldados se sorprenden. Uno de los hombres de la Unión le dispara, pero no le acierta. En medio de la confusión, algunos hombres y tú os internáis entre los matorrales y echáis a correr.

—¡Alto!

Zumba otra bala cuando alguien vuelve a disparar. De pronto tropiezas y caes... y un hombre tropieza contigo.

—¡Idiota! —grita el hombre—. ¡Debería patearte la cabeza!

Es Corey Simon. Cuando se oye otro disparo, Corey se incorpora rápidamente y echa a correr.

Llegas a la conclusión de que nadie puede verte y decides largarte. Seguramente el otro bote es más seguro.

Pasa a la página 34.

TE estás ahogando en el mar, cerca de la isla Hilton Head, en el otoño de 1861. Nadas hacia el bote de salvamento. Un hombre alto se inclina y te rescata de las aguas.

–¿Te encuentras bien? –inquiere.

–Sí, señor –respondes y miras la embarcación llena de hombres uniformados. Por el azul de sus casacas comprendes que son soldados de la Unión.

–No te preocupes –añade tu salvador–, pronto pondremos fin al combate y podrás regresar a tu barco.

El hombre cree que has caído de uno de los barcos nordistas y no te parece aconsejable sacarlo de su error.

–Gracias, señor.

Ay, ay, ay. Tal vez estés en el lugar adecuado para encontrar a Harriet pero sin duda te has equivocado de época.

El bote llega a tierra. Dices al hombre que te rescató que tienes que hacer algo y que enseguida lo alcanzarás.

Cuando se vuelve, te ocultas detrás de un matorral.

**Avanza a Beaufort a finales de 1862.
Pasa a la página 40.**

ESTÁS a las afueras del hospital de Beaufort y pronto averiguas que corre el mes de agosto de 1865. Los edificios parecen abandonados y no ves mucha gente. La guerra debe de haber concluido.

Preguntas por Harried a un hombre que sale del hospital.

—No está aquí —responde—. Casi todos han regresado a sus casas.

Tal vez puedas averiguar en los archivos a dónde fue y seguirle la pista.

Como aún quedan unas pocas personas en el hospital, esperas hasta la noche y te cuelas sigilosamente buscando los archivos. Pronto los encuentras y enciendes una vela a fin de tener luz suficiente para encontrar el legajo de Harriet.

¡Ajá! Ha sido trasladada a un hospital de Fortress Monroe, en Virginia, que se encuentra varios cientos de kilómetros costa arriba, en la desembocadura del río James.

¿Qué harás ahora? ¿Deberías ir a Fortress Monroe e intentar encontrarla allí o sería mejor retroceder hasta 1862 y seguirla río arriba?

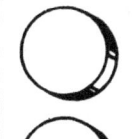

**Te diriges a Fortress Monroe.
Pasa a la página 61.**

**Sigues a Harriet río arriba.
Pasa a la página 52.**

Estás en Washington. Es invierno y hace mucho frío. En una esquina hay un chiquillo vendiendo periódicos. Ves que los diarios son muy delgados, sólo tienen una o dos páginas y apenas cuestan un céntimo. La fecha que figura en la primera plana corresponde al 3 de enero de 1863.

Hay montones de soldados, vestidos de uniforme azul caminando o a caballo por las calles de tierra. Aunque la mayoría de los edificios son de madera, como los de Filadelfia, existen unas enormes estructuras de mármol. Pasas delante de una gran oficina de correos, del edificio de patentes y del edificio del tesoro, hasta que ves el Capitolio. Te llama la atención porque le falta su inmensa cúpula blanca. Seguramente aún la están construyendo, ya que no hay nada más que una estructura de vigas de hierro cubierta de escaleras y andamios.

Llegas a un puente que cruza un canal. Mientras lo atraviesas, un hedor espantoso te impregna la nariz.

–¡Caray! –exclamas. Ves en el puente a un chico de unos diez años y le preguntas–: ¿A qué se debe tan desagradable olor?

El chiquillo señala el canal. Ves flotar a un animal muerto que parece una mula o un caballo. ¡Caramba!

–¿Siempre apesta así? –te interesas.

–No –responde el chiquillo–, en verano es mucho peor. La gente arroja al agua sus animales muertos y todas las cloacas desembocan aquí.

Meneas la cabeza. Te alegras de vivir en una época más higiénica.

Ves un grupito de niños al otro lado del puente. Se ríen y hablan. Una niña te sonríe y pregunta:

–¿Has oído hablar de la pro... proclama?

Niegas con la cabeza y la chiquilla señala un cartel pegado a la pared. Se titula Proclama de la Emancipación. Es un documento firmado por el presidente Abraham Lincoln, por el cual se libera a todos los esclavos de Estados Unidos, y está fechado dos días atrás.

Sigues caminando y llegas a un enorme edificio, el Hospital de la Plaza del Arsenal. Preguntas a un soldado si sabe dónde se guardan los archivos militares y te indica un edificio cercano.

Llegas a la sala de archivos.

–¿Qué deseas? –te pregunta cordialmente un empleado.

Respiras hondo.

–Estoy buscando a Harriet Tubman –respondes–. Es enfermera. Sus padres quieren saber dónde está.

Lo que dices probablemente sea cierto; si tú fueras padre, querrías saber dónde está tu hija.

El empleado te sonríe y te pide que esperes un momento.

Le devuelves la sonrisa. El trámite será más sencillo de lo que esperabas.

El empleado regresa poco después en compañía de un soldado y se te cae el alma a los pies.

–De modo que vienes de parte de los padres de la señora Tubman, ¿eh? –pregunta el soldado y mira el papel que tiene en la mano–. Dado el caso, supongo que no hay ningún problema en darte sus señas. La destinaron a Beaufort, cerca de Hilton Head, Carolina del Sur, en... –súbitamente se interrumpe y añade con indiferencia–: ¿Dónde dijiste que viven actualmente los padres de la señora Tubman?

Ay, ay, ay. No dijiste nada. Te das cuenta de que te está sometiendo a una especie de prueba. Si das una respuesta equivocada podrías verte metido en un lío. ¡Se está librando una guerra y tal vez sospechen que eres espía!

Respiras hondo. Recuerdas que los padres de Harriet viven en Auburn, Nueva York, o en Springfield, Massachusetts.

Si crees que viven en Auburn, pasa a la página 45.

Si crees que viven en Sprinfield, pasa a la página 60.

ESTÁS cerca de Beaufort, Carolina del Sur, a las puertas de una pequeña panadería. Ves un calendario en el escaparate y te enteras de que es el 25 de diciembre de 1862.

Aunque la tienda está cerrada, hay gente caminando por las calles cubiertas de barro.

Dos soldados de la Unión pasan charlando a tu lado. Ambos son negros.

—¿Irás al partido de béisbol? —pregunta uno de ellos.

—Por supuesto —responde el otro—. Será al estilo neoyorquino, con la pelota dura y no con la blandengue bola bostoniana.

Picado por la curiosidad, les sigues los pasos. Jamás habías oído hablar de béisbol al estilo neoyorquino o bostoniano.

Recorres las calles cubiertas de barro y notas que te diriges hacia una bahía. Al final de un largo muelle de madera divisas una gabarra de grandes dimensiones, a la que está amarrado un pequeño vapor. Los soldados abordan la gabarra y tú vas detrás.

—El día parece apropiado para jugar en Hilton Head —comenta uno de los uniformados—. Yo apuesto a favor del cuarenta y siete de infantería de Nueva York.

—No, te apuesto veinticinco céntimos a que este partido lo gana el cuarenta y ocho de Nueva York —replica su compañero.

Haces unas pocas y prudentes preguntas a algunas personas que viajan en la gabarra y te enteras de que en Beaufort hay un hospital «de contrabando». Parece ser el lugar que estás buscando. Como da la sensación de que todo el pueblo asistirá a ese partido de béisbol, decides esperar hasta la tarde para regresar en la gabarra: no tiene sentido desperdiciar la seguridad de la multitud.

El campo de béisbol se parece mucho a los que sueles ir en tu propia época. La diferencia radica en que los jugadores no usan guantes.

Estás estudiando el terreno cuando un chiquillo se acerca y te pregunta:

—¿Sabes jugar al béisbol?

—Sí.

—Queremos empezar el partido —añade y señala a otros chicos y chicas que rondan por allí—. ¿Quieres jugar?

Te lo piensas un minuto. De todos modos, tienes que esperar a que la multitud regrese.

—Seguro —aceptas.

El bate es raro, no mucho más grueso que el palo de una fregona, y la pelota también te llama la atención. Aunque resulta pesada, no es del tamaño correspondiente, está a mitad de camino entre una pelota de béisbol propiamente dicho y una pelota blanda. Además, parece cubierta de cuerdas.

—Crines —explica el chiquillo.

Le toca batear a tu equipo. Puesto que eres nuevo, te dejan abrir el juego. Te colocas en la base —sólo un manchón en la tierra —y te acomodas el bate encima del hombro.

El lanzador arroja la pelota, que se dirige en línea recta a tu cabeza. La esquivas y pasa de largo. Te das cuenta de que el lanzador no es muy hábil.

Vuelve a lanzarla y pasa tan lejos que aunque arrojaras el bate por los aires no la alcanzarías. ¡Hermano!

El lanzador se prepara para arrojar la pelota por tercera vez. En ese momento la multitud que presencia el partido de los soldados vocifera. Un bateador debió de hacer la carrera completa.

—¡Cuidado! —chilla una niña.

Te vuelves para mirar al lanzador y ves que la pelota negra y grasienta se acerca a una velocidad vertiginosa. Intentas eludirla pero es demasiado tarde. La bola te da en la sien y todo se desdibuja...

Pasa a la página 54.

MIRAS al soldado que se encuentra en la sala de archivos de Washington.

—Pues viven en Auburn, Nueva York, señor —respondes.

—Así es. Aquí mismo lo dice, tendría que haberlo visto antes. Bien, en 1862 Harriet Tubman fue destinada a Beaufort.

¡Ajá! Te estás acercando. No podía haber muchos hospitales en la región y te resultará fácil encontrarla.

Quizá convenga comprobar los datos en lugar de atravesar la barrera del tiempo y encontrarte en medio de dificultades. Al fin y al cabo, hay guerra y seguramente un hospital militar estará poblado de tropas.

Podrías franquear la barrera del tiempo e ir a la zona antes de que lleguen los soldados.

También podrías correr el riesgo de encontrarte ahora mismo con los soldados.

Hmmm. ¿Qué es más aconsejable?

Retrocede hasta Beaufort en 1861. Pasa a la página 46.

Retrocede a Beaufort dos semanas atrás. Pasa a la página 40.

ESTÁS en un claro en las proximidades de Beaufort, Carolina del Sur, en noviembre de 1861. El tiempo es fresco, pero mucho más cálido que el invierno que has soportado. Te resultará bastante fácil dar unas cuantas vueltas y averiguar lo que quieres saber.

Llegas a la costa y, no muy lejos, ves una isla. Cerca del extremo de un muelle hay amarrado un pequeño transbordador, un vapor con ruedas de paletas laterales. Caminas hacia el barco y ves al barquero, un hombre anciano.

–¿Cómo se llama esa isla? –inquieres.

–Hilton Head –responde el viejo.

Ah. Según el soldado, el hospital donde trabaja Harriet se encuentra cerca de Hilton Head.

–No me molestaría llevar un pasajero –agrega el anciano–. Tengo que ir a buscar una carga y no te cobraré nada si me haces compañía.

Aceptas. No está mal comprobarlo todo.

A medida que el pequeño transbordador surca las aguas, el anciano señala a los soldados confederados y un fuerte de grandes dimensiones.

–Es el Fuerte Walker –te informa y escupe en el agua–. ¡Los yanquis no podrán apoderarse de él!

Ves humo en el horizonte y preguntas:

–¿Qué es eso?

El viejo bizquea.

–Parecen buques de vapor –las naves se acercan y el anciano rectifica–: ¡Oh, no! ¡Es una flota de guerra... compuesta por barcos de la Unión! ¡Será mejor que pongamos rumbo a la orilla!

Súbitamente el mar parece picado y el pequeño transbordador apenas se mueve. Pronto la armada de la Unión está mucho más cerca. ¡Hay sesenta o setenta barcos que surcan las aguas hacia ti! En ese preciso instante los cañones del fuerte disparan contra la flota.

Los barcos devuelven el fuego. Repentinamente el aire se puebla de truenos. Las balas de cañón zumban por el aire y estallan, levantando enormes chorros de agua.

De pronto uno de los barcos se dirige hacia el transbordador. ¡Dispara contra vosotros! El anciano intenta cambiar el rumbo del vapor, pero la otra nave es mucho más veloz. Los proyectiles caen cada vez más cerca. ¡Ahora te están rociando con agua!

¡Bum! El cielo gira y sales disparado por los aires. ¡El transbordador ha sido alcanzado!

Caes al mar, tragas agua fría y salada: luego sales a la superficie. Cerca de ti flota un trozo grande de madera astillada, al que te aferras.

La batalla prosigue. Un humo denso y grasiento flota sobre las aguas. El retumbo de los cañones continúa sin pausa y los silbantes proyectiles caen a tu alrededor. En el agua flotan fragmentos de barcos, maderos, ropas y otros restos de naves que han resultado alcanzadas por los cañones del fuerte.

Oyes gritar a alguien:

–¡Por aquí! ¡La salvación está aquí!

Es una voz con acento sureño; seguramente llega

desde el bote de salvamento enviado para ayudar al barquero.

—¡Ah del barco! —resuena otra voz.

El denso humo se despeja y ves dos embarcaciones. Un grupo lleva uniformes grises y el otro azules. Ambos parecen buscar supervivientes en el agua y, si bien tú puedes ver a los dos, ellos no parecen divisarse mutuamente. Será mejor que intentes nadar hasta uno de los botes. ¿Hacia qué grupo te diriges?

Elige el grupo vestido de gris.
Pasa a la página 32.

Elige el grupo vestido de azul.
Pasa a la página 34.

LA noche que pasas escondido en el río Combahee es serena. Meneas la cabeza. ¡No has traído cerillas! ¿Cómo lograrás navegar sin encender el fuego? No puedes apelar a un simple bote. Jamás conseguirías remar río arriba muchos kilómetros contracorriente.

Tal vez en uno de los faroles que cuelgan cerca del final del muelle... es posible que allí haya cerillas. Te acercas sigilosamente a la fuente de luz.

Sí, junto al farol hay varios fósforos de madera. Los coges y emprendes el regreso hacia el vapor.

¡Oyes un ruido a tus espaldas! ¿Es el centinela? Te deslizas por el embarcadero sin hacer ruido.

Al llegar a la embarcación te das prisa. Cuando estás a punto de subir a bordo, tropiezas y caes, soltando los fósforos y golpeándote la cabeza contra un grueso pilote. ¡Ay, qué dolor! Te mareas.

Quizá deberías olvidar esta alternativa y volver al hospital. Te duele intensamente la cabeza. ¿O acaso deberías recuperar los fósforos que cayeron en el muelle y seguir adelante?

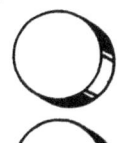

Retrocede al hospital.
Pasa a la página 54.

Continúa tras los pasos de Harriet.
Pasa a la página 58.

ENCUENTRAS a un granjero que va al Norte y logras que te lleve en su carro. Finalmente llegas a un muelle del río Combahee, cerca de su desembocadura en el Atlántico. Un centinela monta guardia junto a una hilera de pequeñas embarcaciones de vapor y de remos amarradas al espigón.

—Tengo un importante mensaje del hospital para el coronel Montgomery, de parte del doctor Durrant —dices.

—Lamentablemente no podrás dar con él. Partió hace dos días río arriba.

—¿Podría tomar prestada una embarcación?

El centinela se rasca la cabeza y responde:

—Tendré que consultar con el sargento.

—Olvídelo —añades.

Si el sargento llega a consultar a las autoridades del hospital, se enterará de que no eres un mensajero oficial. Indudablemente tu misión es muy importante, pero quizá no lo comprendan... y no puedes explicarles que vienes del futuro, te encerrarían en un manicomio.

¿Cómo conseguir una embarcación? No quieres robarla. Incluso en el caso de que la tomaras prestada y luego la devolvieras, podrían no entender tu actitud.

Cuando te alejas del muelle ves algo brillante en la tierra. Lo recoges y miras. Es una moneda y, a juzgar por su aspecto, de oro. ¡Le quitas el polvo y compruebas que se trata de una pieza española de oro!

La moneda está gastada y ha perdido el brillo. Seguramente llevaba años en ese lugar. Hasta es posible que la hayan perdido los piratas. ¡Qué suerte! Era precisamente lo que necesitabas.

Te escondes hasta el anochecer y luego te acercas sigilosamente al puerto. Dejarás la moneda en el muelle como pago por la embarcación. El oro es muy valioso y en esa época todo es mucho más barato. Probablemente con esa moneda podrías comprar una nueva embarcación y, de todos modos, tienes el propósito de devolverla en cuanto encuentres a Harriet.

Lo que haces no es robar. Sólo alquilas una embarcación y ellos tienen muchas más de las que pueden utilizar.

Eliges el barco más pequeño y más viejo, provisto de una minúscula máquina de vapor. Sabes que tienes que hacer fuego en el cajón de debajo de la caldera para que la máquina empiece a funcionar. Todo está oscuro y tranquilo: buscas cerillas en tus bolsillos a fin de encender el fuego.

 **Si trajiste cerillas,
pasa a la página 58.**

 **Si no trajiste cerillas,
pasa a la página 51.**

ABRES los ojos. Un hombre de barba y bata blanca manchada de marrón está a tu lado.

–Ah, veo que has despertado –dice–. A juzgar por el chichón, debieron de darte un buen golpe en la cabeza.

Te llevas la mano a la sien. ¡Ay! Tienes una especie de huevo de oca muy sensible.

–Creo que pronto te pondrás bien. Un buen descanso te permitirá recobrar las fuerzas –se da la vuelta y se aleja.

Miras a tu alrededor. Estás en un hospital. Te encuentras en una cama de un pabellón en el que ves otras camas ocupadas por enfermos. Bueno, no pensabas llegar allí de esta manera, pero segurament se trata del hospital donde trabaja Harriet. ¡Estás cada vez más cerca de tu objetivo!

El paciente de la cama contigua se queja. Lo observas. Es un joven de unos veinte años y está vendado prácticament de la cabeza a los pies.

–¿Qué te ha ocurrido? –te interesas.

–Nuestro mortero estalló –explica–. Se incendió el campamento y yo me quemé –notas que en algunos puntos las vendas tienen manchas rojas y amarillas–. Sin embargo, gracias a la señora Tubman me curaré.

¡Harriet está aquí! Sin darte tiempo a pedirle más datos sobre ella, el enfermo añade:

–Es una suerte que recuperaras el conocimiento, porque estaban a punto de ponerte sanguijuelas.

–¿Sanguijuelas? ¿Qué es eso?

Tu compañero suelta una carcajada.

–Son como babosas con dientes. Te las pegan para que chupen la mala sangre.

¡Puaj! ¿Babosas con dientes? ¡Es horrible! ¡Y encima te chupan la sangre! Te alegras de haber recuperado el sentido.

–¿Conoces a Harriet Tubman?

–Por supuesto. Es la mejor enfermera de este hospital. Antes de la guerra arriesgó su vida muchas veces para liberar esclavos. Es una mujer maravillosa.

Recuerdas lo peligroso que fue estar en el Tren Secreto. Sin lugar a dudas, la señora Tubman es muy valiente. Además, ahora atiende a los enfermos y heridos de guerra.

–Escucha, es muy importante que hable con ella –por la gran sala circulan seis o siete mujeres que atienden a los enfermos pasándoles una esponja con agua fresca y dándoles medicinas–. ¿Cuál de ésas es?

–Ninguna –responde el quemado–. Se ha ido.

Oh, no, no es posible.

–¿Sabes a dónde?

–Claro. Se marchó en el cañonero con el coronel Montgomery, río Combahee arriba. Están recogiendo torpedos, especies de minas flotantes que los rebeldes dejaron con la intención de volar nuestras naves. He oído decir que el río está plagado de torpedos. Aseguran que en algunos sitios hay tantos que puedes cruzar de una orilla a otra sin mojarte los pies. Harriet ha ido para hablar con los esclavos que el coronel libera a medida que avanza. Confían en ella.

Tus esperanzas se desvanecen. ¡Harriet no está aquí! Es indudable que hace una buena obra, que arriesga una vez más su vida, pero de momento eso no te sirve.

–¿Sabes cuándo regresará?

–No tengo ni idea. La última vez estuvieron fuera dos semanas recuperando torpedos y liberando esclavos. Podrían tardar lo mismo o más.

Oh, no. ¡No estás dispuesto a esperar semanas! ¡Menos aún ahora que sabes que Harriet está tan cerca! Tal vez logres encontrarla.

–¿Dónde queda el río Combahee? –preguntas al tiempo que piensas si podías hacerte con una embarcación.

–Por lo que sé, a unos veinticinco kilómetros al noreste.

Hmmm. Puedes seguir el rastro de Harriet. También puedes adelantarte en el tiempo con la esperanza de encontrarla aquí a su regreso, tal vez en un momento más próximo al final de la guerra, cuando los ánimos se hayan calmado un poco.

Sigue a Harriet.
Pasa a la página 52.

Avanza hasta un período posterior de la guerra. Pasa a la página 35.

En medio de las penumbras del embarcadero del río Combahee, revuelves de prisa tus bolsillos buscando...

Sí, has encontrado los fósforos. Aunque están algo húmedos y grasientos logras encender uno, que resplandece en medio de la oscuridad. Lo proteges con las manos y enciendes un poco de leña seca para hacer fuego en el cajón de abajo de la caldera. Añades leña hasta tener un buen fuego. La presión sube a medida que hierve el agua del interior.

—¡Eh! ¿Quién está ahí?

¡Es el centinela y te ha visto!

Esperas que haya bastante vapor acumulado para girar la rueda de paletas de la pequeña embarcación. Accionas el mando y... ¡en marcha!

Desatas la soga que amarra el barco al muelle y te alejas por las arremolinadas aguas. Te acuerdas de arrojar sobre el embarcadero la moneda de oro española.

—¡Alto! ¡Alto o disparo!

Te agachas detrás de la escalera.

¡Paf! ¡Ting! La bala golpea la plancha de hierro cercana a tu cabeza. Te zumban los oídos.

—¡Alto! —vuelve a gritar el centinela.

Casi has llegado al medio del ancho río y te encuentras bastante lejos del muelle. El guarda tardará un minuto en volver a cargar su fusil. Sonríes en medio de la noche. Si se proponen perseguirte, tardarán un rato en acumular vapor en otra embarcación y, además, dejaste la moneda.

En cuanto estás bastante lejos del embarcadero, decides aminorar la velocidad. La rueda de paletas mueve el agua bastante rápido y está oscuro. No te gustaría encallar en un banco de arena o algo por el estilo.

La luna se asoma por detrás de una delgada nube y disfrutas de más visibilidad. Es una noche agradable. Hmmm. Más adelante parece haber un enorme tronco. Accionas el mando de dirección de la barca, pero de todos modos parece que vas a chocar con el tronco cubierto de metal.

¿Un tronco cubierto de metal? ¡Pero si los troncos no tienen metal!

Súbitamente recuerdas lo que el hombre que ocupaba la cama contigua en el hospital te dijo sobre el río: está lleno de torpedos colocados por los confederados... ¡minas que pueden hacer saltar barcos por los aires!

Te zambulles en el agua helada instantes antes de que la embarcación choque con el torpedo.

Se oye un estentóreo retumbo que te hace zumbar los oídos. El barquichuelo vuela por los aires en un estallido de llamas anaranjadas. Una ola gigantesca se dirige hacia ti, mientras fragmentos de la barca llueven a tu alrededor. ¡Es probable que la ola te ahogue! No hay tiempo para pensar. ¡Franquea la barrera del tiempo!

Pasa a la página 46.

EL soldado que se encuentra detrás del empleado en la sala de archivos te mira severamente. Crees que los padres de Harriet Tubman viven en Springfield pero, ¿si no fuera así?

Intentarás engañar al soldado.

–Pues viven en el mismo lugar de costumbre –respondes.

El soldado te observa con más interés.

–¿Y por dónde cae eso?

Ay, ay, ay. Ha descubierto tu farol. Sonríes.

–En Springfield, Massachussets, señor.

Menea la cabeza y exclama:

–¡Eso es falso!

Será mejor que hagas algo de prisa.

–¡Cuidado, ese hombre va armado! –gritas y señalas la pared de atrás del soldado.

Tanto el soldado como el empleado se dan la vuelta. Cruzas la puerta tan rápido como las piernas te lo permiten.

Crees tener una buena ventaja, pero el muchacho debe ser un campeón de atletismo. ¡Está acortando velozmente distancias!

Será mejor encontrar un escondite y franquear la barrera del tiempo. Sabes el destino de Harriet pero no la fecha. Si retrocedes en el tiempo hasta Beaufort, seguramente podrás encontrarla.

Vas a Beaufort, Carolina del Sur, en 1861. Pasa a la página 46.

Estás cerca de Fortress Monroe, Virginia, en agosto de 1865. La fortaleza que da nombre al lugar está a orillas del río y ves cerca varios barcos anclados. Todo parece en calma. Probablemente la guerra ha terminado. Te sientes aliviado. Tal vez a nadie se le ocurra pensar que eres espía y así podrás buscar a Harriet y continuar tu misión.

Ves un chiquillo de aproximadamente tu misma edad que camina hacia ti. Es negro y viste pantalones y una camisa nuevos, pero no lleva zapatos.

—Hola —lo saludas.

—¡Me alegro muchísimo de verte! —dice.

—Pareces muy feliz.

—Claro que sí, soy muy feliz. Al final los hombres de la Unión me emanciparon de mi plantación. ¡Y me voy a las tierras libres del norte para amasar una fortuna! Tengo cincuenta céntimos. En la primera oportunidad que se me presente, con este dinero me compraré un par de zapatos de piel.

Le sonríes. Un par de zapatos por cincuenta céntimos. En tu época, con medio dólar apenas podrías comprar un par de cordones.

El chiquillo se aleja y tú empiezas a atravesar un amplio campo, en dirección a un grupo de edificios. Antes de llegar a la mitad del campo, las oscuras nubes que divisabas a lo lejos se aproximan. Parece una tormenta de verano que se acerca rápidamente. Echas a correr, pero un par de minutos después el aguacero cae violentamente. Los rayos iluminan el cielo y resuenan los truenos.

Estás calado hasta los huesos. La lluvia te empapa los ojos y notas que tu ropa parece pesar muchos kilos. A cada paso que das tus pies se hunden en el barro.

Poco más adelante ves un grupo de árboles en el que quizá puedas protegerte de la lluvia y el viento. Avanzas con dificultad.

Pero los rayos caen cada vez más cerca. Será mejor que te des prisa.

¡Paf! ¡Buuuuum! De pronto estás en el suelo. ¡El rayo ha caído exactamente a tu lado! Ruedas, levantas la mirada contento de que no te alcanzara y ves que ha tocado un árbol... ¡que está a punto de caer sobre ti!

Tienes que salir rápidamene de ese lugar. ¡Si no te apartas, el árbol te aplastará como a un bicho!

**Retrocede rápidamente en el tiempo.
Pasa a la página 75.**

Estás en Baltimore en diciembre de 1860. Brrr. Otro salto hacia el frío. Esta vez, el terreno está cubierto por quince centímetros de nieve. La ciudad, al igual que Filadelfia y Washington, parece muy interesante, pero no tienes tiempo para disfrutarla. Sabes que te estás aproximando a tu meta cuando encuentras a un anciano negro que te dice que Harriet Tubman partió hace tres días con un grupo de siete personas, incluido un bebé.

—Fueron a buscar la libertad en York —dice y sacude la cabeza.

—¿Por qué no los acompañó? —preguntas.

—Soy demasiado viejo y, además, el ama es muy buena conmigo.

Meneas la cabeza. Por muy amable que pudiera ser tu dueño, a ti no te gustaría ser esclavo.

Esta vez piensas hacer las cosas de otra manera. Haces preguntas y averiguas que la ruta del tren traza una curva hacia el oeste, rumbo a una «estación» secreta. También averiguas qué distancia recorre la gente en un día —de dieciocho a veinticuatro kilómetros, por término medio— y decides adelantarlos. Digamos que podrías avanzar unos ochenta kilómetros hacia el noroeste, averiguar quienes son los miembros locales del Tren Secreto y esperar allí la llegada del grupo de Harriet.

Franqueas la barrera del tiempo. Te encuentras en una zona boscosa, junto a una pequeña colina. Un granjero que trabaja allí te dice dónde estás: en Pensilvania, cerca de una pequeña aldea llamada Gettysburg.

Entras en la pequeña población y ves a un grupo de personas vestidas sencillamente de gris que salen de un templo cuáquero. Tal vez alguno de ellos sepa de la existencia del Tren Secreto. Te acercas y oyes por casualidad la conversación entre un hombre y una encantadora dama.

—Señora Dodds, acabo de enterarme de que esta noche un grupo de esclavos fugitivos descansará en Cemetary Ridge. ¿Tendrá algo con qué alimentar a los pobres?

—Ay, señor Phelps —responde la mujer—. Creo que tengo cordero frío y pan de maíz en la despensa. Pero pueden tomar eso y todo lo que encuentren.

Te alegras de saber que Harriet llegará esa misma noche.

Te diriges a Cemetary Ridge y esperas. El frío te hiere el rostro y tienes que dar vueltas sin cesar para no helarte, pero todo vale la pena si Harriet llega pronto.

Es casi de día cuando ves a un grupo de personas que suben por la loma. Los guía una mujer corpulenta, que lleva un largo vestido y un grueso abrigo. ¡Tiene que ser Harriet! ¡Por fin!

Oyes chirridos y cascos de animales. Al otro lado de la loma divisas un carro en el que viajan dos hombres. Seguramente son los «revisores» con alimentos para los refugiados.

Caminas lenta y cuidadosamente hacia los esclavos. Al acercarte ves que sólo hay tres mujeres, cualquiera de las cuales puede ser Harriet. Estabas seguro de haberla individualizado, pero ahora no sabes cuál es ella.

Las tres mujeres se apartan de los demás y se acercan a los revisores en busca de alimentos. Las oyes hablar.

—Rebecca, ¿qué crees que nos traerán de comer esta vez?

—No lo sé, Sarah, pero espero que sea algo bueno. Moses, ¿tú que piensas?

—Yo también espero que sea algo bueno porque estoy realmente hambrienta.

Una de las mujeres te ve y, recelosa, pregunta:

—¿Y tú quién eres?

—Soy amigo de... del señor Phelps.

La mujer llamada Sarah te sonríe y comenta:

—Sin duda podemos contar con los amigos.

La mujer llamada Rebecca dice:

—Voy a atender al viejo señor Jenkins, le duelen todos los huesos. Además, mi bebé también está hambriento.

Te quedas con Moses y Sarah. Una de ellas tiene que ser Harriet. ¡Está a punto de preguntarles cuando oyes ladrar a unos perros!

—Por ahí arriba —grita un hombre— Acabo de verlos llegar.

Ay, ay, ay. ¡Esclavistas!

Las dos mujers que están a tu lado dan un grito de aviso a los revisores, toman direcciones distintas y echan a correr. Piensas que ya deben tener un plan elaborado para este tipo de emergencias. ¡Pero tú sólo necesitas uno o dos minutos de charla con Harriet para cumplir tu misión!

Sabes que no atraparán a Harriet que, después de todo, se convierte en enfermera de la Unión. Pero, ¿cuál de las dos mujeres es ella? ¡Tienes que seguir a la verdadera Harriet!

Sigues a Sarah.
Pasa a la página 92.

Sigues a Moses.
Pasa a la página 94.

TE enteras por una mujer que acarrea un cubo de leche cortada que estás cerca de Port Royal, Virginia, pero la fecha es el 25 de abril, no el 26 como pensabas. La noche casi ha caído. La reunión de los abolicionistas no se celebrará hasta el día siguiente.

Observas que estás en los lindes de una granja. En los campos crecen unas plantas bajas y frondosas. No podrás saber qué son hasta que te acerques. El olor te resulta conocido.

Claro, te dices: son plantas de tabaco.

Se hace tarde y tienes que encontrar un sitio donde pasar la noche. Ves una casa rodeada de árboles y, un poco más lejos, un enorme granero. Decides colarte y dormir en medio del heno tibio. Nadie se molestará por eso.

Como estás muy cansado, haces una pila espesa de heno seco, te acomodas y rápidamente te quedas dormido.

Despiertas al oír gritos.

—¡Sal! —grita un hombre—. ¡Ríndete o morirás!

Tragas saliva y respiras hondo. ¿Se dirigen a ti?

—¡Jamás! —vocifera otra voz.

De pronto te das cuenta de que no estás solo en el enorme granero y apartas el heno sin hacer ruido.

Aunque dentro del granero reina la oscuridad, divisas a un hombre de pie a poca distancia. Cojea hacia la puerta, ayudándose con una muleta, y en la mano libre lleva un rifle corto.

Se oyen más gritos afuera. Abandonas el heno tan sigilosamente como puedes y te diriges hacia una grieta en la pared que conduce al exterior.

Afuera hay montones de soldados, como mínimo veinticinco, y algunos llevan antorchas. Uno de ellos corre hasta una portezuela de un lado del granero y arroja una antorcha al interior.

El heno seco se enciende rápidamente. Súbitamente ves las cosas demasiado bien: el de la muleta y el rifle es... es... John Wilkes Booth. ¡El hombre que asesinó a Lincoln!

Cuando Booth camina hacia la puerta del granero, se oye un disparo. Booth se desploma.

—¡Ya lo tengo! —grita alguien.

En el acto abren las puertas de par en par y sacan a Booth cogiéndolo de los talones. Como todos parecen tener la atención fija en él, corres hasta la puerta y sales sin ser visto.

Algunos soldados arrojan cubos de agua al fuego, pero no parece servir de nada.

Observas que los soldados han arrastrado a Booth hasta el porche de la granja. Parece que ha recibido un disparo en la cabeza.

Uno de los soldados te ve y pregunta:

—Eh, tú, ¿quién eres? ¿Qué haces aquí?

Ay, ay, ay. Esos hombres están muy agitados con la captura de Booth. No crees poder explicarles quién eres sin despertar sus sospechas.

—¡Cuidado atrás! —chillas.

El soldado se da vuelta.

Entras a la carrera en el granero incendiado.

–¡Eh, alto! –ordena otro soldado.

Ahora casi todo el granero está en liamas. El humo se te mete en los ojos, te ahogas y toses. Tienes que salir de allí de prisa.

¿A dónde iba a ir Harriet? ¿A Baltimore, en 1860, o a otra parte? ¡No tienes tiempo para detenerte a pensar, el fuego está a punto de alcanzarte!

Avanza a Baltimore en diciembre de 1860. Pasa a la página 64.

DESPIERTAS al son de tambores. Echas un vistazo a tu alrededor y percibes que estás en un coy dentro de un buque de guerra de madera.

Trepas a la cubierta principal. A lo lejos vislumbras una nube de humo negro.

–¡Ahí está! –informa alguien–. ¡Es el terrible acorazado!

Estudias la nube que se acerca y poco después divisas la nave. Es la misma que viste ayer: el *Virginia*, el barco parecido al techo de un granero.

El *Minnesota* sigue encallado en el banco de arena y el *Virginia* se aproxima cada vez más.

De repente el *Monitor* –el pequeño barco chato– se dirige en línea recta hacia el monstruo que se acerca. Al aproximarse se abre una portilla de la torreta en forma de bote de lata... ¡y asoma el extremo de un cañón! El cañón libera una ráfaga de disparos y humo. ¡Una bala se estrella contra el *Virginia*!

Tú y los hombres que estáis a bordo del *Minnesota* lanzáis gritos de entusiasmo. Luego hacéis silencio. La bala de cañón ha rebotado inocentemente en las gruesas planchas de hierro del *Virginia*.

El *Virginia* repele el ataque con las ráfagas de lo que parecen cuatro cañones. Uno de los proyectiles produce un estrepitoso ruido metálico al chocar con el *Monitor*. Queda una abolladura redondeada pero, por lo demás, el barquito parece estar en perfectas condiciones. Se oyen nuevas aclamaciones desde el *Minnesota*.

Durante horas los acorazados giran uno alrededor del otro, y sus cañones despiden negras nubes de

humo. ¡De pronto el barco más grande, el *Virginia*, intenta embestir al *Monitor*!

El barco de menores dimensiones se aparta justo a tiempo.

Pero mientras el *Monitor* gira el gran acorazado *Virginia* avanza hacia el *Minnesota*.

—¡Disparen! —oyen gritar al capitán Van Brunt.

Se oye un gran cañonazo. La cubierta vibra bajo tus pies. Una bala de cañón pasa zumbando junto al *Virginia*. ¡Fallo!

El acorazado repele el ataque y dispara contra vosotros. ¡Acierto! Se oye una explosión ensordecedora y asoman llamas por debajo de la cubierta. Los tripulantes se apresuran a combatir el fuego.

El *Virginia* vuelve a disparar. La bala pasa zumbando y cae en un pequeño remolcador que había intentado desencallar el buque. El remolcador estalla y fragmentos de madera y metal salen volando a los cuatro vientos.

La situación parece difícil. ¡Quizás deberías franquear la barrera del tiempo antes de que el acorazado haga papilla el barco en que te encuentras! Otra bala de cañón sale del *Virginia* en dirección al *Minnesota*. Sin embargo, ves que el *Monitor* gira en el agua con el propósito de atacar al poderoso acorazado. ¿Qué deberías hacer?

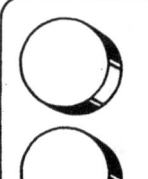

Buscas la seguridad.
Pasa a la página 36

Te quedas en el barco.
Pasa a la página 84

Estás junto al mismo árbol que estuvo a punto de aplastarte: sin embargo no hay indicios de que haya sido alcanzado por un rayo.

Echas a andar. Ves a un hombre de uniforme gris.

–Señor, por favor, ¿puede decirme qué día es hoy?

–Si no me equivoco, es el 8 de marzo de 1862 –responde.

Le das las gracias y sigues tu camino. Hmmm. Has retrocedido tres años. Aún hay guerra.

Desde la bahía llega el fragor de la batalla. Ves barcos que se cañonean mutuamente. Intentas distinguirlos con claridad, pero sólo son manchones distantes.

Al caer la noche, una nave de aspecto llamativo entra en un embarcadero próximo. El barco parece el techo de un granero y está cubierto de placas de hierro. Ves que se llama *Virginia.*

Bien, ya que esta zona está en poder de la Confederación, no estaría mal largarse de aquí. Tal vez necesites ayuda. No te vendría mal tener un amigo en la marina o en el ejército de la Unión. Si lograras llegar a un barco nordista podrías simular que eres un prisionero fugado.

Ves bajo el muelle un pequeño bote a la deriva. Como tiene identificaciones de la Unión, debe de haberse soltado de uno de los barcos nordistas durante la refriega. Lo devolverás.

Después de lo que te parecen varias horas de remar sin cesar, divisas varias naves. Aunque está oscuro, los barcos llevan fanales encendidos y consigues leer el nombre de uno de los buques de guerra: *Minnesota*. Remas hacia él.

Súbitamente una luz te da en el rostro. ¡Es una barca patrullera confederada y te han visto!

—¡Alto o disparamos!

Remas frenéticamente y logras salir de la zona iluminada. Dentro de pocos segundos volverán a localizarte.

Estás muy cerca del barco. Probablemente podrás llegar a él. Por otro lado, podrías regresar a Washington y buscar una biblioteca. Seguramente ya existen comentarios escritos sobre Harriet, pues los tiempos del Tren Secreto han quedado atrás.

—¡Eh, alto! —grita alguien desde la barca patrullera de los rebeldes.

Oyes el chasquido de un revólver. El proyectil levanta agua a tu izquierda, lejos.

Aún no te han localizado. Será mejor que decidas lo que vas a hacer.

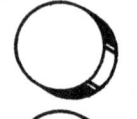

Rema hasta el buque de guerra de la Unión. Pasa a la página 78.

Viaja a Washington. Pasa a la página 80.

REMAS con todas tus fuerzas en dirección al buque de guerra de la Unión. La luz del farol vuelve a iluminarte. Otro disparo quiebra la serenidad del tibio aire nocturno. ¡Han errado el tiro! Oyes gritar a varios hombres desde el *Minnesota* y nuevos disparos, esta vez desde el buque de guerra hacia la barca patrullera rebelde. Los confederados gritan:

–¡Salgamos de aquí!

–¡Condenados yanquis!

¡Estás a salvo!

–¿Qué ha ocurrido? –te pregunta un hombre mientras subes por una estrecha escalera hacia el barco de madera–. ¿Has escapado de los confederados?

–Sí –respondes y es verdad.

Te presentan al capitán Van Brunt.

–Ah... –murmura, con cara de estar pensando en otra cosa–. Lamento decirte que tendremos que hablar más tarde, ahora tengo que trabajar.

Un grumete se acerca a ti.

–Hola, soy McCarthy. Bienvenido a bordo... aunque has de saber que ahora no estamos tan seguros aquí. El barco ha encallado en un banco de arena –explica meneando la cabeza–. Tenemos que salir antes de que aclare o de lo contrario...

–O de lo contrario, ¿qué?

–¡O de lo contrario ese temible acorazado volverá a buscarnos y nos atrapará! Ayer hundió el *Cunberland* y quemó el *Congress* y estuvo a punto de acabar con nosotros. ¡Sin duda mañana volverá a terminar su trabajo!

McCarthy te lleva bajo cubierta y te da un poco de carne salada. Luego te muestra un coy desocupado. Te acuestas y te duermes.

Un rato más tarde despiertas y oyes voces. Aunque aún es de noche, subes a cubierta y ves otro barco junto al tuyo. ¡Tiene un aspecto extrañísimo!

–Parece una lata cubierta de tablillas –oyes comentar a los tripulantes y coincides con ellos.

El grumete McCarthy pasa corriendo a tu lado.

–¿Y eso qué es? –le preguntas señalando la extraña nave.

–Es el *Monitor* –responde–. Es de hierro, como el que nos atacó ayer. Se supone que debe protegernos del *Virginia*, el buque asesino, pero no lo veo nada claro. ¡Me parece que no lleva ni un cañón! ¡Creo que estamos perdidos!

Como en cubierta lo único que puedes hacer es molestar, regresas a tu coy y finalmente logras dormirte.

Pasa a la página 72.

Estás en Washington en febrero de 1863 y ha transcurrido poco menos de un año desde tu encuentro con la barca patrullera rebelde cerca de los buques de guerra de la Unión, en Virginia. Supones que, puesto que es la capital, Washington dispone de una gran biblioteca con las revistas y periódicos más importantes de la época. Si hay algo publicado sobre Harriet Tubman o el Tren Secreto, seguro que está en una biblioteca.

Te diriges a la biblioteca y giras en una esquina. Un hombre alto choca contigo y casi te derriba. Maldice y te empuja de la acera de madera hacia la calzada de tierra.

—¡Apártate de mi camino! —vocifera.

Te levantas y te sacudes el polvo. ¡Qué tipo más grosero! Al mirar al hombre, te das cuenta de que te resulta conocido. ¿Dónde lo has visto?

—¡Oh, no! ¡Es... es... Corey Simon! ¿Qué hace en Washington vestido de uniforme? Sabes que es partidario de la esclavitud. No es posible que haya cambiado de chaqueta. ¡Quizá sea espía!

Decides seguirlo. No es probable que te reconozca, sobre todo si te mantienes a cierta distancia.

Una manzana más adelante, Corey Simon entra en una tienda. Miras por el escaparate y ves que se trata de una especie de almacén de ramos generales. Puesto que dentro hay otras personas, decides entrar.

Ves a Corey Simon en un rincón. Alguien está a su lado. Te acercas con el pretexto de observar un estante con palas y hachas. Con Corey charla un hombre de pelo corto, oscuro y grueso bigote. Los oyes a pesar de que hablan en voz queda.

–¿Ha traído la información? –pregunta el hombre de bigote.

–Sí –responde Corey sacando un papel del bolsillo.

Al hacerlo, otra cosa se le cae del bolsillo y rebota contra el suelo de madera sin pintar. Va dando tumbos... ¡hasta tu pie!

¿Qué deberías hacer? ¿No darte por enterado? No, eso despertaría sospechas. Te agachas de prisa y recoges el objeto caído.

¡Es un arma, un pequeño revólver! Apenas tienes tiempo de ver que detrás del percusor, entre dos pergaminos en forma de hoja, tiene grabadas las palabras «Derringer» y «Filadel», antes de que Corey grite:

–¡Dame eso!

Se lo entregas y te giras de prisa para que no pueda observar tus facciones. Aunque no es posible que te recuerde de sus tiempos en la plantación, hace unos minutos chocó contigo en la calle. De hecho, quizá sea aconsejable abandonar el almacén.

Comienzas a alejarte cuando oyes comentar a Bigote:

–Es un arma preciosa.

–¿Le gusta? –pregunta Corey–. Puede quedársela, señor Booth. Quizá la necesite.

Una vez en el exterior, piensas en Corey Simon. Evidentemente no está tramando nada bueno. ¿Qué deberías hacer? Tienes que cumplir una misión. Es

probable que ahora encuentres una biblioteca. Sin embargo, si lo piensas mejor, tal vez sea más aconsejable avanzar en el tiempo hasta un momento después del fin de la guerra para buscar artículos que hablen de Harriet; si lo haces así, no te considerarán espía.

Pero Corey Simon podría estar tramando algo funesto y el asunto ha despertado tu curiosidad. ¿Qué deberías hacer?

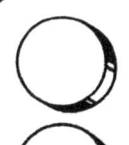

Avanzas en el tiempo hasta abril de 1865. Pasa a la página 88.

Te quedas y sigues a Corey Simon. Pasa a la página 86.

ESTÁS en la cubierta de madera del *Minnesota*, un buque de guerra de la Unión que ha encallado en un banco de arena en la desembocadura del río James, en Virginia. ¡Corre el mes de marzo de 1862 y tu barco es atacado por el *Virginia!*

El *Virginia* se dirige hacia el *Minnesota* con el propósito de volver a luchar con el *Monitor*. La lucha se prolonga durante una hora más: disparos, explosiones, balas de cañón que pasan zumbando, humo negro y espeso como una densa bruma.

¡De repente el *Virginia* vira y se aleja a todo vapor!

Contemplas el humo negro que el gran barco despide al dirigirse a puerto. Aunque en el exterior no hay nada que lo indique, seguramente ha sufrido daños. ¿O su alejamiento se debe a que se le acabaron las municiones?

Sea como fuere, carece de importancia. Aunque el *Monitor* no hundió al *Virginia*, repelió su ataque y salvó al *Minnesota*. Piensas que ha logrado algo más que un empate.

Se acercan varios remolcadores y empiezan a arrastrar al *Minnesota*, intentando sacarlo del banco de arena. Te acercas a ver el incendio que prácticamente está extinguido. Los tripulantes arrojan agua sobre las llamas.

Súbitamente un marinero grita:

–¡Cuidado! ¡Junto al fuego hay un barril de pólvora!

McCarthy echa a correr.

–¿Hará volar el barco? –le preguntas.

–No, pero no me gustaría estar cerca si estalla.

Echas a correr... ¡y en ese preciso instante el barril de pólvora hace explosión! Un trozo de madera sale volando y te golpea la cabeza. Todo se convierte en un borrón rojo.

Te desplomas en cubierta. Estás a punto de desmayarte cuando te das cuenta de que necesitas un médico. Pero te sientes débil y a punto de perder el conocimiento en medio de todo ese humo y la asfixiante pólvora.

Franqueas ciegamente la barrera del tiempo. A medida que pierdes el conocimiento, sólo piensas en llegar a un hospital, en algún lugar, en alguna época...

Pasa a la página 54.

ESPERAS en la puerta de la tienda hasta que Corey Simon sale. Lo sigues. Camina tan rápido que casi tienes que correr para no perderlo de vista.

¡De repente desaparece! ¿Dónde se ha metido? Estaba enfrente, en la elevada acera de madera, delante de una tienda de cueros. ¡Pareció esfumarse!

Cruzas de prisa la calle en su búsqueda.

Alguien te sujeta. Es él... ¡Corey Simon!

—¿Por qué me pisas los talones? —pregunta y te sujeta firmemente los brazos—. Te vi en el almacén. ¿Quién eres?

—Espere —pides—. Puedo... puedo explicárselo. No me apriete, me hace daño —Corey afloja la presión—. Verá, las cosas son así: ¡SOCORRO! —gritas a todo pulmón.

Corey intenta taparte la boca con la mano, pero lo muerdes con todas tus fuerzas.

—¡AAAYYYYY! ¡Maldito...!

—Eh, ¿qué pasa? —pregunta un soldado que pasa por allí.

—Este hombre es un espía —vociferas.

Sorprendido, Corey te da un empujón y echa a correr.

–¡Alto! –grita el soldado y se lleva la mano al cinto para coger su pistola. Corey no deja de correr–. ¡Alto o disparo!

Aunque se desliza en zigzag, Corey no deja de ganar distancia.

¡Pum! El soldado dispara.

Corey se sujeta la pierna y cae sobre la calle de tierra. ¡Le ha dado! ¡El soldado lo ha herido en la pierna! El hombre de uniforme corre hacia Corey.

Piensas que el soldado tendrá dificultades para explicar cómo se metió en ese lío. Decides que lo mejor es desaparecer antes de que el soldado regrese a interrogarte.

Te ocultas tras la tienda de cueros. Avanzar a la época en que la guerra ya había terminado parece una idea mejor que la de haber seguido a Corey Simon.

**Vas a Washington en 1865.
Pasa a la página 88.**

OTRA vez en Washington. Un vistazo a un periódico de los que cuestan un céntimo te indica que es el 14 de abril de 1865. Deambulas por una calle de tierra. Parece que todas las calles de la ciudad son de tierra. Es divertido ver grandes edificios de mármol como el Capitolio junto a un camino de tierra. Finalmente encuentras una biblioteca. Como están a punto de cerrar, entras rápidamente. Preguntas a la bibliotecaria si existe algún artículo sobre Harriet Tubman. La mujer sonríe, asiente y te entrega un viejo periódico.

El artículo es extenso y no tendrás tiempo de leerlo antes de que cierre la biblioteca. Sin embargo, la bibliotecaria te explica que tienen varios ejemplares de ese periódico y que puedes llevarte uno prestado. Le das las gracias y te marchas con él bajo el brazo.

Das algunas vueltas mientras anochece, buscando un lugar con suficiente luz para leer. Finalmente, en la Avenida Pensilvania, cerca de la Novena, encuentras una tienda con un farol colgado del escaparate. Te sientas en un viejo barril de madera para encurtidos y empiezas a leer.

El artículo habla de Harriet en los tiempos de la esclavitud, de la forma en que liberó a cientos de hombres, mujeres y niños. Figuran fechas y lugares.

¡Seguramente esos datos te ayudarían a encontrarla! Recuerdas lo aterrador que fue esconderse en la oscuridad. Lo que tú sólo hiciste una vez, Harriet lo repitió en infinidad de ocasiones. Era una mujer realmente valiente.

Alzas la mirada cuando un hombre pasa al galope. Parece tener mucha prisa. La luna casi llena y las estrellas emiten luz suficiente para verlo con claridad. Lleva abrigo largo y sombrero y tiene un espeso bigote.

Te resulta conocido. Estás seguro de haberlo visto antes. No recuerdas dónde lo has visto y ya se aleja al galope, los cascos del caballo resonando como truenos en la noche.

Reanudas la lectura.

Un rato después varios hombres, incluidos algunos soldados se acercan a caballo. Uno de ellos pregunta:

—Oye, ¿has visto pasar a un jinete? —asientes con la cabeza—. ¿Hacia dónde se dirigía?

Señalas Avenida Pensilvania abajo, en dirección al Capitolio.

—Fue hacia allá, señor.

—¡En marcha!

Cuando parten, gritas:

—¿Por qué lo persiguen?

—¡Es John Wilkes Booth, acaba de matar al presidente!

Ves alejarse a los hombres. ¡Booth! ¡Ahora recuerdas: era el hombre que anteriormente estuvo en Washington con Corey Simon! ¡El mismo hombre a quien Corey Simon regaló un arma en el almacén! Se apellidaba Booth y tenía un espeso bigote. ¡Tiene que ser el mismo!

¡Es el hombre que asesinó a Abraham Lincoln!

Si hubieras hecho algo cuando se te presentó la

oportunidad... te das cuenta de que es demasiado tarde para hacer algo. Además, no puedes cambiar la historia ni siquiera para tratar de impedir que ocurra algo espantoso.

Al terminar la lectura tienes una idea aproximada de varios momentos en los que podías encontrar a Harriet... En diciembre de 1860 trasladó a un grupo de esclavos de Baltimore, Maryland, a York, Pensilvania; el 28 de abril de 1859 estaba en Troy, Nueva York, involucrada en un motín para liberar a Charles Nalle, un esclavo de piel clara. Y aún hay más datos.

Se anuncia que el 26 de abril de 1865, un grupo de abolicionistas celebrará una fiesta en Port Royal, Virginia, para celebrar el fin de la guerra.

¡Port Royal sólo está a noventa y cinco kilómetros!

Aunque Harriet no vaya a la fiesta, existen muchas probabilidades de que algunos de los asistentes la conozca. ¿Hacia dónde debes franquear la barrera del tiempo?

Vas a Baltimore.
Pasa a la página 64.

Retrocedes a Troy, Nueva York.
Pasa a la página 120.

Te diriges a Port Royal,
Virginia. Pasa a la página 69.

EN diciembre de 1860 corres en la noche cerca de un lugar llamado Cemetary Ridge, tras una mujer que, según crees, es Harriet Tubman.

–¡Sarah! –gritas–. ¡Espere!

Aunque la mujer no aminora la marcha, tú te esfuerzas y consigues alcanzarla.

–!Tengo que hablar con usted! Su verdadero nombre es Harriet Tubman, ¿no?

–¡No¡ ¡Y ahora no puedo hablar! Calla, tonto, los esclavistas nos persiguen.

–Pero...

–Oh, ¿dónde estará el escondite? ¡Moses dijo que quedaba por aquí!

Moses. ¡Caray! Ahora recuerdas: Moses es el apodo de Harriet. ¡Seguiste a otra persona!

A pesar de todo sabes que Harriet no abandonará a los suyos. Puedes quedarte con Sarah y reunirte con Harriet en el escondite.

Súbitamente un perro sale de la penumbra y se abalanza sobre ti. Lo esquivas y saltas. Aunque te pasa a pocos centímetros, pierdes el equilibrio y caes. Cuando te incorporas Sarah ha desaparecido. Entonces oyes los roncos gritos de los esclavistas. ¡Enseguida te alcanzarán!

Pasa a la página 88.

SIN aliento y sin dejar de correr, gritas ¡Moses! ¿Harriet?

–Ahora no puedo hablar –explica–. ¡Tengo que llevar a mi gente al escondite!

¡Es Harriet!

La mujer corre hasta el grupo de personas reunidas y exclama:

–¡En marcha! ¡Son esclavistas!

Uno de los hombres se queja:

–¡Ay, no, nos cogerán!

Harriet lo coge del brazo y lo pone de pie de una sacudida.

–Todavía no han cogido ha nadie. ¡Muévete!

–¡No puedo! ¡Tengo miedo!

Harriet saca un revólver de debajo del abrigo y apunta al hombre.

–¡Los esclavos muertos no abren la boca! ¡O te mueves o te daré algo que te asustará realmente! –el hombre mira el arma, gira y echa a correr con todas sus fuerzas–. ¡De prisa! –añade Harriet apuntándole con el revólver.

Todos corréis a lo largo de la loma para huir de los perros que ladran y de los esclavistas que gritan.

Tropiezas en la oscuridad y ruedas por la loma. Te levantas de un salto, pero los hombres y los canes prácticamente te han alcanzado. Tendrás que franquear la barrera del tiempo... ¡no tienes posibilidades de huir! ¿A dónde? ¡Retrocede en el tiempo pero en este mismo lugar!

Ve a Cemetary Ridge el 2 de julio de 1863. Pasa a la página 99.

LA situación es realmente peligrosa. Los manifestantes empujan y gritan al conjunto de individuos que sujetan a Nalle. Logras situarte a un lado en tu intento por alejarte de la multitud pero, antes de que logres escabullirte estás metido en el corazón de los acontecimientos.

Ves el sudor en el rostro del prisionero –a esa altura tú también estás empapado– y notas que sus muñecas están en carne viva a causa de las cadenas. Dos negras tiran de los brazos de Nalle, intentando apartarlo de los blancos. Una de ellas lo suelta unos segundos y allí se queda, como si se hubiese dormido de pie. La otra da un empujón a uno de los hombres que sujetan al prisionero.

Alguien te clava el codo en la nuca y te hace caer sobre la barriga de un gordinflón. ¡Uf! Aunque esto es realmente peligroso, estás seguro de que Harriet Tubman está ahí. No dudas de que si pudieras ver mejor, la reconocerías. Sabes que contribuyó a que Nalle quedara en libertad. Probablemente es una de las dos mujeres que están a su lado pero, como no puedes distinguirlas con claridad, no sabes cuál es.

La mujer que daba tirones a Nalle con más ahinco es golpeada por uno de los guardias. Cae. La otra, la que hace unos instantes parecía dormir, vuelve a entrar en actividad.

Al parecer la primera mujer, la que fue derribada, era la que más luchaba. ¿Es Harriet? ¿Deberías acercarte a hablar con ella y dejar que la multitud siga su camino? ¿O, dentro de lo posible sería mejor que te quedaras con Nalle?

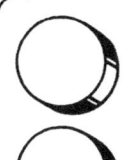

Hablas con la mujer que fue derribada.
Pasa a la página 110.

Te quedas con Nalle.
Pasa a la página 112.

HARRIET aguarda en medio de la oscuridad del cementerio a que le digas si irás o no con ella a rescatar a Thomas Dean.

–Esperaré aquí y montaré guardia –respondes.

–Muy bien. Volveremos a buscarte... si todo sale bien –desaparece bruscamente.

Oyes un ruido en medio de los matorrales. ¿Es Harriet? ¿Habrá olvidado algo?

–¡Arriba las manos o disparo! –un hombre alto aparece ante tu vista. Te apunta a la cara con una escopeta–. Vaya, vaya. Los abolicionistas nunca aprenden la lección, ¿verdad? Hace años que vigilamos esta iglesia y de vez en cuando capturamos a un estúpido yanqui como tú.

Tendrías que haberlo sabido. ¡Anteriormente habías estado aquí! ¡Debiste acompañar a Harriet! Ella era tu misión. ¿Cómo permitiste que desapareciera de tu vista?

Empiezas a retroceder.

–Tómelo con calma –dices–. No soy lo que usted supone...

¡Tropiezas y caes en una fosa!

El hombre grita y salta hacia ti. Franqueas la barrera del tiempo aprovechando que durante unos segundos no te ve. ¡No tienes de pensar a dónde ni a qué épocas vas!

Pasa a la página 80.

Estás en Cemetary Ridge la tarde del 2 de julio de 1863... ¡justo a tiempo para que un hombre que corre eche tu cuerpo por tierra! ¿Qué demonios...?

¡Se está librando una espantosa batalla! A tu alrededor, soldados vestidos de azul disparan sus fusiles. Resuenan los cañones y los proyectiles pasan silbando a tu lado. Meneas la cabeza y te pones de pie, pero otro hombre que corre te derriba. ¡Caray! Te mareas.

Tendido en el suelo –donde crees estar más a salvo– distingues en las proximidades un grupo de árboles. Oyes gritos humanos y ves hombres cubiertos de sangre caídos en tierra. ¡Al pie de la loma incluso hay varios caballos muertos!

Te arrastras junto a los soldados en dirección a la arboleda. Llegas en el preciso momento en que un proyectil de cañón silba a corta distancia. La fuerza de la explosión te levanta por los aires y pierdes el conocimiento.

Al recobrar el sentido, la cabeza te duele y tienes la boca seca. El sol parece estar más alto en el cielo que cuando estalló la bala de cañón. Pero eso es imposible, desde luego... no, no si ha transcurrido toda una jornada. Tiene que ser el 3 de julio. ¡Has estado desmayado toda la noche!

–¡Yuuuu! –el grito resuena estentóreamente en la loma.

–¡Muchachos, allá vamos!

Miras la pendiente. Hombres de gris te atacan, disparando sus fusiles y gritando fanáticamente. Te acurrucas detrás de un árbol mientras los hombres de azul y gris se disparan mutuamente.

Son tantas las armas en acción que el humo cubre el suelo con una niebla espesa. El viento cambia de dirección y ves a un grupo de hombres de uniforme gris que aún cargan colina arriba. Uno lleva una bandera –las estrellas y las barras confederadas– y el otro agita su sombrero en lo alto de un largo palo. Siguen disparando y los hombres caen, llenándose sus uniformes de manchas rojas. ¡Es espantoso, todas esas personas están muriendo y todas son norteamericanas!

Los gritos, los disparos, el estruendo de los clarines y el redoble de los tambores resuena en tus oídos.

Cae el último de los hombres que arremete. Todo queda mortalmente tranquilo.

Oyes quejarse a un hombre loma abajo. Te arrastras hasta él. Viste uniforme gris y ha sido herido en la pierna.

En tierra, cerca del soldado hay un trozo de bandera. Haces rápidamente una venda y le cubres la herida.

–Gra... gracias –dice.

Cierra los ojos unos instantes y vuelve a abrirlos.

No es mucho lo que puedes hacer.

–Iré a buscar un médico –propones.

–Quédate en paz. El dolor no es insoportable. Supongo que tarde o temprano alguien se ocupará de mi. Hay chicos mucho más graves que necesiten más que yo el médico –te mira–. Soy el soldado raso John Dooley –añade–. ¿Cómo te llamas? –se lo di-

ces–. Me da la sensación de que tú no deberías estar aquí. Mejor dicho, en realidad ninguno de nosotros debería estar aquí.

Asientes con la cabeza. Al menos está vivo. Por la loma están esparcidos muchos hombres que han perdido la vida.

A tus espaldas alguien dice:

–¡Sucio yanqui!

Giras. Ves a un sargento rebelde echado de lado que te apunta con su carabina. ¡Te considera enemigo! No hay tiempo para darle explicaciones. ¡Franquea la barrera del tiempo antes de que dispare! ¿A dónde ir? Puedes avanzar unos pocos meses en el mismo lugar o quizá te convenga ir nuevamente a Washington dentro de dos años y consultar la biblioteca. ¡Elijas lo que elijas, hazlo ya!

Avanza unos pocos meses hasta noviembre de 1863. Pasa a la página 104.

Vas a Washington en 1865. Pasa a la página 88.

TE apartas del hacha clavada en el tronco y regresas al sitio donde están ocultas Harriet Tubman, Lee Ann y Sarah Mae.

–¡Eh! –exclama alguien. Un par de manos fuertes te sujetan–. ¿Qué tenemos aquí?

¡Oh, no! Ves un rostro pálido en medio de la noche. Das un puntapié con todas tus fuerzas y le das al hombre en la espinilla.

–¡Aaayyyyyy! ¡Maldito...!

Te libras de su sujeción y corres... alejándote de Harriet y de las Dean. ¡Si hubieras tardado unos segundos más, no te habrías topado con ese hombre! ¡Ahora tendrás que apartarlo de Harriet y sus compañeras!

El hombre te sigue en medio de la oscuridad, gritando. Esperas que Harriet pueda oírlo.

Mientas corres, súbitamente recuerdas algo importante: ¡Según el Banco de Datos, Thomas Dean fue liberado por cuatro personas con un hacha! Si hubieras cogido el hacha y la hubieras llevado junto a las tres mujeres que te esperaban no habrías modificado la historia. ¡Así ocurrió realmente!

Ahora es demasiado tarde. El hombre que te persigue gana terreno. Será mejor que franquees la barrera del tiempo.

Pasa a la página 112.

Eﺻﺗ́ÁS en Cemetary
Ridge y es el 19 de noviembre de 1863.

Ha refrescado y ya no hay humo. Aunque el campo de batalla está en paz, por todas partes aparecen cañones reventados, ruedas de carro rotas y fusiles oxidados, junto con gorros y sombreros azules y grises.

Estás cansado y decides buscar un sitio donde comer y lavarte. Caminas a lo largo de la loma en dirección a Gettysburg. En el camino encuentras más recordatorios de la refriega: tiendas de campaña derribadas, carros quemados, incluso unas pocas botas gastadas. Crees percibir aún el humo, pese a que sabes que han transcurrido varios meses desde la batalla de Gettysburg.

Una vez en el pueblo, te enteras de que ese día tendrá lugar una celebración nacional. Se servirá un almuerzo gratuito y estará presente el presidente de Estados Unidos, Abraham Lincoln en persona. Decides asistir.

Sigues a la multitud. Hay muchísima gente: hombres que lucen altas chisteras de seda y mujeres con vestidos de gala y montones de enaguas. En una mesa ves fruta, lonjas de carne y pan. Coges algunos alimentos y masticas mientras rodeas una enorme tribuna, en la que han tomado asiento hombres de abri-

gos y pantalones oscuros, y sombreros de copa. Repentinamente uno de ellos se pone de pie. Sus facciones son exactamente iguales a la efigie que aparece en las monedas de un centavo de dólar. ¡Es Abraham Lincoln!

–Hace ochenta y siete años –dice– nuestros padres trajeron a este continente una nueva nación, concebida en Libertad y consagrada al principio de que todos los hombres son iguales.

Con el propósito de ver y oír mejor te deslizas hasta las primeras filas. La gente murmura a tu paso.

–Ahora estamos librando una gran guerra civil –añade el señor Lincoln–, para comprobar si dicha nación o cualquier nación así concebida y consagrada puede perdurar. Nos hemos enfrentado en un gran campo de batalla...

Sigue hablando sobre los hombres valientes, la guerra y la gran tarea que aguarda al país. Las palabras te resultan algo extrañas, distintas a las del discurso del futuro –tu época–, pero entiendes a qué se refiere. La guerra lo entristece y lamenta la pérdida de tantas vidas. Todo el país debe trabajar en concierto o no sobrevivirá.

De pronto te das cuenta de que se trata del famoso discurso de Gettysburg, que en tu época está grabado en la pared del Lincoln Memorial de Washington.

El presidente echa un vistazo a un papel y sigue hablando. Notas que el papel parece un viejo sobre.

El discurso concluye bruscamente. ¡Qué corto! En tu época los políticos hablarían durante horas y Lincoln sólo se ha dirigido al pueblo unos minutos.

Abraham Lincoln es un gran hombre. Tú sabes que el país sobrevivirá, pero en esos tiempos ni él mismo está seguro de ello. No obstante, sus palabras están cargadas de esperanza y te gustaría poder decir-

le que en menos de dos años la guerra habrá terminado y que esa batalla ha supuesto un viraje decisivo.

Pero no se te permite cambiar la historia. Tu misión es otra. Tienes que retroceder y buscar cierta
información para llegar a destino.

Pasa a la página 88.

EN la primavera de 1859, Harriet y tú viajáis en carro desde Troy, Nueva York, a Filadelfia. El viaje te permite contemplar el refrescante verdor y las flores que han despertado de su sueño invernal. Es una pena, piensas, que dentro de pocos años estalle una terrible guerra civil, contienda en la que perecerán miles de seres humanos.

Una vez en Filadelfia, Harriet te presenta a Lee Ann Dean. Le cuentas lo que sabes.

–¿Vivo? ¿Has dicho que mi Thomas está vivo? ¡Oh Dios, te lo agradezco!

Entra en la habitación una joven de unos diez años más que tú. Te resulta conocida e inmediatamente sabes de quien se trata: Sarah Mae Dean, la chiquilla a quien conociste como Sarah Mae Jefferson. Es la hija de Thomas y Lee Ann Dean.

La noticia pone feliz a Sarah Mae. Te mira y sonríe.

–Hasta cierto punto me resultas conocido –dice–, como si fueras alguien a quien conocí hace mucho tiempo.

Le dedicas una sonrisa pero no dices nada. Aunque pudieras contárselo, no entendería nada sobre los viajes a través del tiempo.

Las mujeres toman asiento y hacen planes para rescatar a Thomas Dean. Se introducirán en territorio esclavista y a través de sus contactos averiguarán dónde fue capturado Thomas y dónde está ahora. Una noche se acercarán furtivamente y lo liberarán.

El plan parece bastante sencillo. Sin embargo, hay algo que te inquieta: Thomas no te pareció el tipo de hombre capaz de soportar tranquilamente la esclavitud una vez capturado. ¿Por qué no ha escapado hasta ahora? ¿Es posible que la herida fuera más grave de lo que suponías? ¿Y si está muerto?

Sólo tienes una opción: averiguarlo.

Pasa a la página 122.

AYUDAS a levantarse a la negra que el guardia arrojó al suelo.

–¿Se encuentra bien? –te interesas.

–Creo que sí –replica.

La multitud se ha desplazado una manzana.

–¿Es usted Harriet Tubman?

–¿Yo? ¡Caramba, no! Yo soy Catawba Jackson.

Suspiras. Has vuelto a equivocarte.

Corres tras la multitud y al girar, en la esquina, ves que se están dispersando.

–¿Qué pasó? –preguntas a un hombre.

–¡Nalle consiguió la libertad! –exclama sonriente–. ¡Una mujer logró soltarlo y largarse con él!

¡Oh, no!

–¿Qué dirección tomaron?

–No lo sé. Parece que despistaron a todo el mundo, igual que a mí. ¿No te parece grandioso?

Desde tu punto de vista no es así. ¡La has perdido justo cuando estabas en el buen camino!

Apesadumbrado, permaneces de pie en medio de la calle cuando un grupo de hombres que discute se acercan rápidamente. No te hacen el más mínimo caso y cuando alzas la vista uno de ellos topa contigo y te echa al suelo.

Intentas salir de en medio, pero uno de los hombres tropieza y está a punto de caer sobre ti. Aunque da un salto para esquivarte, su bota golpea tus costillas... ¡violentamente!

Has cometido un error. ¡Tendrías que haber seguido a la otra mujer! Reina tal confusión que si desapareces no te verán. ¡Retrocede en el tiempo más o menos una hora y vuelve a intentarlo!

 **Pasa a la página 120.**

La multitud de Troy, Nueva York, empuja, pero la mujer caída se incorpora de un salto y da un porrazo al guardia que la derribó. De todas maneras sabes que la otra es Harriet porque recuerdas que sufre ataques, debidos a una herida de la infancia, en virtud de los cuales a veces parece estar dormida o en trance.

En tu intento por alcanzar a la mujer sigues a la muchedumbre. Los gritos son más estentóreos y están apartando a los hombres que sujetan al esclavo Nalle. ¡Súbitamente Nalle escapa! Un hombre y una mujer tiran de él. Logras alejarte de la muchedumbre y seguirlos.

Llevan a Nalle hasta un bote que se encuentra al final de los muelles y lo ayudan a subir a bordo. Los hombres que aguardan en la embarcación reman hacia la otra orilla. Seguramente estaban preparados para llevar a Nalle.

Es tu oportunidad. Te acercas a la mujer negra y baja.

—¿Harriet Tubman?

Te mira y responde:

—Esa soy yo.

¡Por fin! Respiras hondo.

–Si es posible, me gustaría hablar con usted.

Asiente.

–Por supuesto pero no podemos permanecer en este lugar. ¡Me parece que a la autoridad no le caerá nada bien que hayamos liberado al señor Charles Nalle!

Te guía por un estrecho callejón entre dos edificios de madera y por una calle corta.

–Unos amigos míos viven aquí –explica.

Llegas a una casita apartada del camino de tierra. Harriet te hace pasar.

Al fin puedes estudiarla atentamente. No es muy alta, mide alrededor de metro y medio, y tiene un rostro bondadoso pero de rasgos muy firmes. Hay una cicatriz en su cabeza, que seguramente corresponde a la herida de la infancia.

Harriet te presenta a un hombre y una mujer que están en la casita y ésta ofrece una taza de té. Cuando la mujer se va Harriet pregunta:

–Escucha, ¿de qué querías hablar conmigo?

Te gustaría hacerle una docena de preguntas, pero la primera que se te ocurre se refiere a su cicatriz.

–Si no es una pregunta demasiado personal, ¿a qué se debe esa cicatriz?

Harriet ríe.

–No me molesta tu pregunta. Cuando yo era pequeña mi dueño, el amo Brodas, tenía un ruín capataz que se ocupaba de los esclavos. Un día un chiquillo decidió dejar el trabajo y descansar un rato. El capataz lo vio y empezó a perseguirlo con un gran látigo. Yo corrí para intentar que el capataz lo dejara en paz, pero el muy canalla cogió la pesa de una balanza, si mal no recuerdo de un kilo o kilo y medio, y se la arrojó al chiquillo. Me metí en medio... y la pesa me dio en la cabeza –la mujer regresa con las tazas

de té. Harriet te mira y sonríe–. ¿Me has buscado para hacerme esta pregunta?

Niegas con la cabeza.

–No, señora. Hay algunas... bueno... historias que se cuentan sobre el Tren Secreto y sobre los tiempos de la... –callas. Estabas a punto de decir «durante los tiempos de la guerra», pero como ésta aún no ha estallado, no puedes hablar con Harriet sobre el tema. Añades–: ...y sobre estos tiempos.

–¿Para qué quieres saberlo?

–No pretendo crearle problemas –aseguras–. Pero es muy importante.

Harriet asiente.

–Soy hábil para penetrar en la gente y creo que puedo confiar en ti. ¿Qué quieres saber?

–En primer lugar, ¿conoce a un hombre llamado Thomas Dean?

Harriet sonríe.

–Por supuesto. Pero su nombre es distinto en el Tren Secreto. Se hace llamar Joshua.

–Joshua –repites–. Quiero decir, Thomas.

–Sí. Desapareció mientras regresaba para rescatar a su esposa Lee Ann. Suponemos que lo mataron.

–¡Pues no es así! –exclamas–. Yo... –vuelves a callar. Tendrás que expresarte con sumo cuidado: diez años atrás, tú habrías sido mucho más joven, quizá demasiado para viajar con Thomas en el Tren Secreto–. Yo... conozco los entretelones de ese viaje. A Thomas sólo lo hirieron en la pierna.

–¿Los esclavistas lo cogieron vivo?

–Sí.

Harriet esboza una sonrisa.

–¡Lee Ann se alegrará al oír la noticia! Y su hija, que ahora es una mujer adulta y casada, se sentirà feliz al saber que su padre está vivo –Harriet asiente con la cabeza y añade–: Supongo que, ahora que sabemos dónde está, tendremos que ir a buscar a Thomas –le sonríes y Harriet te devuelve la sonrisa–. Me has sido muy útil. Hazme más preguntas.

Respiras hondo. ¡Por fin! Tu misión está a punto de concluir...

Hay una llamada a la puerta que pronto se convierte en un aporreo.

–¡Abran la puerta! ¡Somos agentes del sheriff!

–¡Rápido, por atrás! –dice el hombre situado frente a ti.

Harriet y tú os incorporáis de un salto y corréis hacia la puerta trasera. Alrededor del patio trasero hay una alta cerca de madera y alguien llama a su puerta para entrar por allí.

–¡Saltemos! –Harriet señala la esquina más lejana de la cerca.

Le haces caso. Mientras trepas por la cerca, oyes que la mujer que preparó el té dice:

–¡Buena suerte, Moses!

Mientras la ves saltar la cerca, piensas que Harriet es una especie de liebre.

Aparece un hombre que grita:

–¡Aquí están!

–¡Vamos! –te apremia Harriet–. ¡Si me cogieran obtendrían muchísimo dinero!

Echas a correr. ¡Podrías desplazarte a cualquier otro tiempo, pero no lo harás ahora que estás tan cerca de completar tu misión!

Luego de recorrer varios callejones, lográis perder de vista a vuestros perseguidores. Tomas grandes bocanadas de aire mientras Harriet sonríe.

–¿Podrías decirme dónde atraparon los esclavistas a Thomas Dean? –te pregunta.

Lo piensa unos segundos. Aunque recuerdas el lugar, no estás seguro de poder indicarle exactamente cómo llegar. De todos modos, sabes que si volvieras a verlo lo reconocerías.

Le dices a Harriet lo que piensas. Ella asiente.

—Bien no puedo pedirte que nos acompañes a ese territorio porque es muy peligroso. ¿Qué más querías preguntarme?

Niegas con la cabeza. Eso es precisamente lo que viniste a averiguar. ¡Puedes seguir adelante y verlo con tus propios ojos!

 **Pasa a la página 108.**

TE apartas de la lápida del pequeño cementerio y haces una señal de asentimiento a Harriet Tubman.

—Iré a rescatar a Thomas con usted —respondes.

No has vivido tantas aventuras para correr ahora el riesgo de perder el contacto. Prácticamente has cumplido tu misión y permitir que Harriet desaparezca una vez más no te parece una idea inteligente.

Lee Ann y Sarah Mae Dean están escondidas detrás de un árbol, vigilando una choza destartalada.

—Está ahí —susurra Lee Ann mientras Harriet y tú os acercáis a la planta—. ¡Lo vi pasar por delante de la ventana!

—Así es —añade Sarah Mae— pero anda de un modo extraño.

—Recibió un balazo en la pierna —puntualizas.

—Es posible, pero no parece ser esa la causa de que camine como lo hizo.

Sigilosamente los cuatro os escabullís hacia la choza. Te adelantas para espiar por la ventana. Sí, es Thomas. Está solo. También ves el motivo por el cual caminaba de un modo tan raro: ¡está sujeto a la pared con una gruesa cadena de hierro!

Ahora comprendes por qué a través de todos esos años no pudo escapar.

Transmites rápidamente la novedad a las mujeres.

–Un poco más atrás hay un hacha clavada en un tronco –dice Harriet y te mira–. Corre a buscarla. Las tres nos quedaremos aquí y vigilaremos hasta que regreses.

Aceptas y echas a correr en busca del hacha.

Ah, sí, ves el mango del hacha justo detrás de una pila de leña... Un momento. Estás solo en la penumbra, contemplando el hacha. ¿Debes hacerlo? ¡Se supone que no puedes cambiar la historia! Si le llevas el hacha a Harriet, ¿supondrá un cambio en la forma en que ocurrieron las cosas?

¿Qué debes hacer?

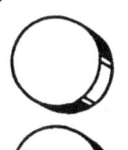

**Regresa y dile a Harriet que no pudiste encontrar el hacha.
Pasa a la página 103.**

**Coge el hacha.
Pasa a la página 123.**

TROY, Nueva York, 27 de abril de 1859. El aire de la tarde es fresco pero no frío; estás en medio de una muchedumbre que grita y se empuja. Ves un cartel que te indica que estás cerca de la confluencia de las calles State y Primera.

—¿Qué sucede? —preguntas al hombre que está a tu lado.

El aludido señala una ventana del primer piso del edificio de enfrente.

—Allí arriba, en el despacho del señor Beach, tienen a Charles Nalle.

Diriges la mirada a la ventana, en la que se enmarca un negro de piel clara que contempla a la multitud.

Un negro próximo a ti grita a los manifestantes:

—¡Me llamo William Henry! Allí arriba tienen a mi amigo. ¡Dicen que en Virginia es esclavo y se proponen devolverlo! ¡No es justo! ¡Ha estado viviendo como un hombre libre!

La multitud enardecida manifiesta su acuerdo.

—¡Claro que sí!

—¡Así se habla!

—¡Es un atropello!

—¡Atención, ya salen!

Se abre el portal del edificio y sale Charles Nalle acompañado por varios hombres. Tiene las manos encadenadas.

La multitud, indignada, rodea al prisionero. Dos negras y un blanco se sitúan simultáneamente al lado de Nalle.

A tu alrededor todos expresan su desaprobación. Imprevistamente te empujan y caes. ¡La situación se ha vuelto peligrosa! Piensas en la posibilidad de largarte.

Te pones de pie. ¿Deberías quedarte y correr el riesgo de que te pisoteen o sería conveniente otra salida?

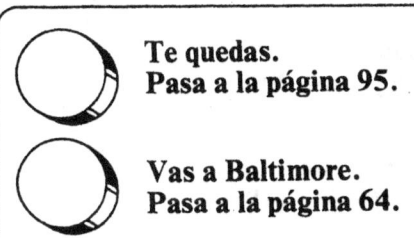

Te quedas.
Pasa a la página 95.

Vas a Baltimore.
Pasa a la página 64.

ESTÁS apoyado en una lápida de un pequeño cementerio contiguo a una iglesia de Maryland. Hace casi diez años, en 1849, habías estado allí y conociste a un grupo de esclavos que querían alcanzar la libertad. Aunque tú sólo tienes unos pocos días más, esos diez años han desgastado la iglesia y deteriorado las lápidas.

–¡Psss! –oyes un sisear y giras de un salto–. ¿Está todo bien por ahí?

Te serenas. Es Harriet.

–Sí –respondes en voz baja–. ¿Ha logrado averiguar dónde está Thomas?

–Sí, en la plantación Jasper. Ahora Lee Ann y Sarah Mae están allí, vigilando las viviendas de los esclavos e intentando verlo.

Afortunadamente está vivo.

–¿Y ahora qué hacemos?

–Regresaré a la plantación. ¿Quieres venir o prefieres quedarte aquí?

Te lo piensas unos instantes. ¿Qué deberías hacer?

Te quedas y esperas allí.
Pasa a la página 98.

Vas con Harriet.
Pasa a la página 118.

ONRÍES en medio de la noche mientras contemplas el hacha. Te preocupaba modificar la historia, pero súbitamente recordaste que no hay ningún problema en coger el hacha y contribuir a que Harriet y los Dean liberen de sus grilletes a Thomas Dean en la vivienda de los esclavos de aquella plantación, ya que según el Banco de Datos Thomas Dean fue liberado por cuatro personas que utilizaron un hacha. ¡Formarás parte de la historia sin modificarla!

Retiras rápidamente el hacha de la madera húmeda. El metal produce un chirrido al salir.

Mientras regresas de prisa junto a las mujeres, ves que alguien camina serenamente hacia la casa principal de la plantación. Caramba, te has salvado por los pelos. Si te hubieras adelantado unos segundos, habrías topado con ese sujeto.

Llegas a la vivienda de los esclavos y esgrimes el hacha.

—Aquí está —susurras.

—Maravilloso —dice Harriet—. Dámela.

Coge el hacha y abre la puerta de un empujón.

A la luz de dos velas ves cómo Thomas Dean se incorpora sobresaltado.

—¿Quién anda ahí...? —en ese momento ve a su esposa Lee Ann—. ¡Has venido...! —exclama Thomas.

—Así es, mi amor —afirma Lee Ann sonriente—. El único problema es que tardamos un poco.

LISTA DE DATOS

Página 4: Harriet no contrajo matrimonio con John Tubman hasta 1844.

Página 11: ¿Cómo se llama la hermana de Harriet?

Página 15: ¿Sabes cuándo regresará Harriet?

Página 20: Un vistazo al Banco de Datos podría ayudarte.

Página 45: Algunos lugares son más seguros que otros; la cronología dispone de los datos.

Página 50: ¿Quién está ganando esta batalla?

Página 53: ¿Qué dijo el soldado herido en la página 56? No seas tonto en esta situación.

Página 57: El 1, el 2 y el 3 son buenos números. ¿Qué opinas del 4?

Página 68: El Banco de Datos puede serte útil... si sabes quién es Clark Kent.

Página 91: Estudia las fechas y sé preciso. ¿Qué es lo que sabes con certeza?

Página 102: ¿A dónde vas? Consulta la cronología.

Página 122: ¿Cuál es tu misión?

–¡Atrás! –ordena Harriet. Alza el hacha y la deja caer con todas sus fuerzas. Vuelan chispas donde la hoja afilada golpea la cadena de hierro, que resiste. Harriet vuelve a levantar el hacha.

–Me parece que alguien se acerca –dice Sarah Mae.

Harriet asiente y vuelve a golpear la cadena, que no se quiebra.

Se oyen voces en la oscuridad.

–¡Rápido! –la apremia Lee Ann.

Harriet respira hondo y esgrime el hacha por tercera vez.

El metal choca contra el metal... y la cadena se parte.

Thomas Dean está libre.

–¡Vámonos! –ordena Harriet.

–Bien ¿querías preguntarme algo? –pregunta Harriet un rato más tarde.

Sonríes y niegas con la cabeza.

–No, señora, ya no es necesario –replicas.

Y es verdad. Al ayudar a Harriet a rescatar a Thomas Dean, conoces la respuesta a tu pregunta. El diario estaba en lo cierto; estuviste presente y lo viste con tus propios ojos. Has cumplido la misión.

–Debo irme –dices y te alejas del grupo. Cuando están fuera de tu campo de visión, sonríes.

Ha llegado el momento de volver a casa.

MISIÓN CUMPLIDA